●丛书主编 庆振轩

故事里的文学经典

明诗

魏宏远 唐温秀 编著

兰州大学出版社

图书在版编目（ＣＩＰ）数据

故事里的文学经典. 明诗 / 魏宏远，唐温秀编著
. -- 兰州：兰州大学出版社，2014.10（2019.9重印）
ISBN 978-7-311-04593-7

Ⅰ. ①故… Ⅱ. ①魏… ②唐… Ⅲ. ①古典诗歌－诗
歌欣赏－中国－明代 Ⅳ. ①I206.2

中国版本图书馆CIP数据核字(2014)第246788号

策划编辑　张　仁
责任编辑　张　仁　余芬芬
装帧设计　张友乾

书　　名　**故事里的文学经典**　明诗
作　　者　魏宏远　唐温秀　编著
出版发行　兰州大学出版社　（地址：兰州市天水南路222号　730000）
电　　话　0931-8912613(总编办公室)　0931-8617156(营销中心)
　　　　　0931-8914298(读者服务部)
网　　址　http://press.lzu.edu.cn
电子信箱　press@lzu.edu.cn
印　　刷　三河市金元印装有限公司
开　　本　710 mm×1020 mm　1/16
印　　张　15.25
字　　数　253千
版　　次　2014年12月第1版
印　　次　2019年9月第3次印刷
书　　号　ISBN 978-7-311-04593-7
定　　价　30.50元

学海无涯乐作舟
——"故事里的文学经典"系列序言

北宋文坛领袖欧阳修曾说：

> 立身以求学为先，求学以读书为要。

欧阳修是一位政治家、思想家、改革家，也是一位教育家，他认为人生如果要有一番作为，就要努力求学读书。千余年过去，时至今日，立志向学，勤奋读书，教育强国，已经形成社会共识。然而读什么书，如何读书，依然是许多人困惑和思考的问题。

人们常说"开卷有益"，又说"好书不厌百回读"，所谓的好书、有益的书，应该指的是经典作家的经典作品。何谓经典？瑞士作家赫尔曼·黑塞在《获得教养的途径》中认为，经典作品是"我正在重读"，而不是"我正在读"的书。人文学科都有各自的经典作家和经典作品，诸如"哲学经典"、"史学经典"、"文学经典"等等。范仲淹曾经说过："劝学之要，莫尚宗经。宗经则道大，道大则才大，才大则功大。"(《上时相议制举书》)儒家把《诗经》、《尚书》、《仪礼》、《乐经》、《周易》、《春秋》尊为"六经"，文人学士研修经典的目的是为了经世致用，"六经之旨不同，而其道同归于用"。"故深于《易》者长于变，深于《书》者长于治，深于《诗》者长于风，深于《春秋》者长于断，深于《礼》者长于制，深于《乐》者长于性。"(陈舜俞《说用》)范仲淹与其再传弟子陈舜俞都是从造就经邦济世的通才、大才的角度论述儒家经典的。但古人研读经典，由于身份不同、目的不同，取径也不尽相同。郭绍虞在《中国文学批评史》中指出："古文家、道学家和政治家一样的宗经，但是古文家于经中求其文，道学家于经中求其道，而政治家则于经中求其用。"

就文学经典而言，文学经典指的是具有深厚的人文意蕴和永恒的艺术价值，为一代又一代读者反复阅读、欣赏、接受和传承，能够体现民族审美风尚和美学精神，具有广阔的阐释空间和当代存在性，能不断与读者对话，并带来新的

明诗

发展,让读者在静观默想中充分体现主体价值的典范性权威性文学作品。"经也者,恒久之至道,不刊之鸿论。"(刘勰《文心雕龙·宗经》)

由于经典之作要经历时间和读者的检验,所以经典作家、经典作品经典化的过程会给我们一些有益的启示:读者和作家一起赋予了经典文学的经典含义。即就宋词而言,词体始于隋末唐初,发展于晚唐五代,极盛于两宋。但在宋代,词乃小道,不登大雅之堂,终宋一代,宋词从未取得与诗文同等的地位。欧阳修在《归田录》中曾记载:

> 钱思公(惟演)虽生长富贵,而少所嗜好。在西洛时,尝语僚属言:
> 平生唯好读书,坐则读经史,卧则读小说,上厕则读小词。盖未尝顷刻
> 释卷也。

虽然欧阳修之意在赞扬钱惟演好读书,但言及词则曰"小词",且小词乃上厕所所读,则其地位可知。即就宋代词坛之大家如苏轼,在被贬黄州时,为避谤避祸,开始大量作词;辛弃疾于痛戒作诗之时从未中断写词的事实,也可略知其中信息。直至后世的读者研究者,越来越感知和发现了词体的独特的魅力——"词之为体,要眇宜修,能言诗之所不能言,而不能尽言诗之所能言。诗之境阔,词之言长"(王国维《人间词话》),才把词坛之苏辛,视如诗坛之李杜,赋予了宋词与唐诗相提并论的地位。

其他文体中如元杂剧之《西厢记》、章回小说之《水浒传》,也曾被封建卫道士视为"诲盗诲淫"之洪水猛兽而遭到禁毁,但名著本身的价值、读者的喜爱和历史的检验,奠定了它们经典之作的地位。

在一些经典作品经典化的过程中,读者甚至参与了经典作品的创作。李白的《静夜思》就是一个典型的个例。从文献学的角度看,宋代刊行的《李太白文集》、《李翰林集》中《静夜思》的原貌为:

> 床前看月光,疑是地上霜。
> 举头望山月,低头思故乡。

当代著名学者瞿蜕园、朱金城、安旗、詹瑛所撰编年校注、汇释集评本《李太白集》也全依宋本。但从明代开始,一些唐诗的编选者(读者)开始改变了《静夜

明诗

思》的字句,形成了流行今日的李白的《静夜思》:

床前明月光,疑是地上霜。

举头望明月,低头思故乡。

所以,经过了历史长河的淘洗和历代无数读者检验而存留至今的中华文明宝库中的经典文学作品,是中华民族精神智慧的结晶。那么,在大力弘扬与传承优秀传统文化的今天,我们应该怎样学习阅读自《诗经》、《楚辞》以来的文学经典? 古人的一些经典之作和经典性论述可以为我们借鉴。

横看成岭侧成峰,远近高低各不同。

不识庐山真面目,只缘身在此山中。

这是苏轼在元丰七年四月,自九江往游庐山,在山中游赏十余日之后所写的《题西林壁》诗。一生好为名山游的苏轼,在畅游庐山的过程中,庐山奇秀幽美的胜景,让诗人应接不暇。苏轼于游赏中惊叹、错愕,领略了前所未有的超出想象的陌生的美感。初入庐山,庐山突兀高傲,"青山若无素,偃蹇不相亲。要识庐山面,他年是故人。"移步换景,处处仙境,诗人喜出望外,"自昔忆清赏,初将杳霭间。如今不是梦,真个在庐山!"庐山幽胜美不胜收,于是诗人在《题西林壁》这首由游山而感悟人生的诗作中,寄寓了发人深思的理趣。苏轼之后,人们从不同的角度解读诗作给予人们的启悟。王国维《人间词话》中说:

诗人对于宇宙人生,须入乎其内,又须出乎其外。入乎其内,故能写之;出乎其外,故能观之。入乎其内,故有生气;出乎其外,故有高致。

而苏轼的《题西林壁》正是诗人对于人生对于庐山既入乎其内,又出乎其外的带有特有的东坡印记的智慧之作。古往今来,向往庐山,畅游庐山的游人难以数计,而神奇的庐山给予游人的感触各有不同,何以如此呢? 因为万千游客,虽同游庐山,但经历不同,观赏角度有别,学识高下不一,游赏目的异趣,他们都领略的是各自心目中的庐山,诚所谓"横看成岭侧成峰,远近高低各不同"。也

正如钱钟书《谈艺录》中所说:"盖任何景物,横侧看皆五光十色;任何情怀,反复说皆千头万绪。非笔墨所易详尽。"所以,换个角度看世界,世界会更加丰富多彩;换个角度看人生,现实人生就会更具魅力;换个角度读经典,你会拥有你自己的经典,经典会更加经典。

千江有水千江月,千江水月各不同。古今中外的许多经典作家正是以独特的眼光观察大千世界,以独到的思维角度思考人生,以生花妙笔写人叙事,绘景抒情,继往开来,推陈出新,创造出一部部永恒的经典。"不畏浮云遮望眼,只缘身在最高层。"经典之所以为经典,其要因之一就是经典作家能够站在时代的制高点上,眼光独到,视点独特,思想深邃,能发前人之所未发。即以被称为"拗相公"的王安石为例,作为勇于改革的政治家,思想深刻的思想家,他的诗、文、词创作都具有鲜明的个性特色。四川大学中文系古典文学教研室选注的《宋文选·前言》中说:

> 王安石的文章大都是表现他的思想见解,为变法的政治斗争服务的,思想进步故识见高超,态度坚决故议论决断。其总的特色是在曲折畅达中气雄词峻。议论文字,无论长篇短说,都结构谨严,析理透辟,概括性强,准确处斩钉截铁,不可移易。

这一段话是评价王安石散文风格的,用来概括他的诗词特色也颇为恰切。王安石由于个性独特,识见高超,所以喜欢做翻案文章。他的这一类作品不是为翻案而翻案,而是确有独到深刻的见解,其《读史》、《商鞅》、《贾生》、《乌江亭》、《明妃曲》均是如此。即以其《贾生》而言,司马迁《史记》有《屈原贾生列传》,对贾谊的同情叹惋之意已在其中。李商隐因自己人生失意,对贾谊抑郁失意更为关注,其《贾生》诗曰:

> 宣室求贤访逐臣,贾生才调更无伦。
> 可怜夜半虚前席,不问苍生问鬼神。

这首咏史诗在切入点的选取上颇为独到,在对贾谊遭际的咏叹抒写之中,蕴含着深沉的政治感慨和人生伤叹,而这种感慨自伤情怀颇能引起后世怀才不遇之士的情感共鸣,给予了高度评价。但王安石评价历史人物的着眼点则跳出

了个人人生君臣遇合的得失,立足于是否有用于世有助于时的角度,表达了独特的"遇与不遇"的人生价值观。遇与不遇,不在于官场职位的高低,而在于胸怀谋略是否得以实行,是否于国于民有益:

> 一时谋议略施行,谁道君王薄贾生。
> 爵位自高言尽废,古来何啻万公卿。

以人况己,以古喻今,振聋发聩,这样的诗作才当得上"绝大议论,得未曾有"的美誉。无论是回首历史,还是关注现实,抑或是感受人生,往往因作者的视角不同,立场观念有别,而感发不一,所写诗文,各呈异彩。

但是我们在阅读体验中还发现了一些很有趣的现象:读者有时所欣赏的并不是作者的得意之作,而有时候作者所自珍的,读者却有微词。欧阳修《六一诗话》有这样一段文字:

> 晏元献公文章擅天下,尤善为诗,而多称引后进,一时名士往往出其门。圣俞平生所作诗多矣,然公独爱其两联,云"寒鱼犹著底,白鹭已飞前",又"絮暖鮆鱼繁,露添莼菜紫"。余尝于圣俞家见公自书手简,再三称赏此二联。余疑而问之,圣俞曰:"此非我之极致,岂公偶自得意于其间乎?"乃知自古文士不独知己难得,而知人亦难也。

欧阳修这种阅读体验不止一端,刘攽《中山诗话》记载:永叔云:"知圣俞者莫如某,然圣俞平生所自负者,皆某所不好。圣俞所卑下者,皆某所称赏。"于是也感慨知心赏音之难。

正因为知心赏音之难,所以古人强调阅读欣赏应该知人论世。于是了解探究历史,就有"纪事本末"类的系列著述。阅读欣赏诗词,即有《本事诗》、《本事词》、《词林纪事》、《唐诗纪事》、《宋诗纪事》、《明诗纪事》、《清诗纪事》等著作;阅读唐宋散文,也有《全唐文纪事》、《宋文纪事》之类的著述。对于读者而言,这些著述有助于我们由事知史,由事知人,进而由事知诗,由事知词,由事知文;或者说有助于我们加深对相关诗、词、文的深入了解。正是从这个视点出发,出于弘扬传统文化,建设社会主义精神文明的责任感与使命感,兰州大学出版社策划出版"故事里的文学经典"、"故事里的史学经典"、"故事里的哲学经典"(统称为

明诗

"换个角度读经典")系列丛书,同样出于历史使命感,我们愉快地接受了"故事里的文学经典"系列的撰写工作,首批包括《故事里的文学经典之唐五代词》、《故事里的文学经典之唐文》、《故事里的文学经典之宋文》、《故事里的文学经典之北宋诗》、《故事里的文学经典之南宋诗》、《故事里的文学经典之元曲》、《故事里的文学经典之唐诗》、《故事里的文学经典之宋词》。

当凝聚着丛书的策划者和撰著者共同心血的著述即将付梓之际,我们为和兰州大学出版社这次愉快的合作感到由衷的高兴,因为共同的弘扬优秀传统文化的目标,出好书就成为我们共同的意愿,所以撰写以至出版的一些具体问题,就很容易通过沟通达成一致。参与丛书撰写的同仁均长期从事中国古典文学的教学科研工作,怎样让经典文学作品走出大学的讲堂,走向社会,走向千家万户,是我们长期思考的问题;而由学者在一定研究基础上撰写的,面向更为广大的读者群的融学术性的严谨和能给予读者阅读的知识性、愉悦性则是出版社策划者的初衷。合作的愉快也为我们下一步自汉魏至明清诗、词、文部分的写作奠定了良好的基础。

由"本事"或者说由"故事"入手诠解阅读文学经典是我们的共识。

那些与诗、词、文密切相关的"本事",在古典文学名篇佳作的赏鉴研读中,主要是指与相关作品的创作、传播以及作家的生平遭际有关的"故事",抑或是趣事逸闻,其本身就是最通俗、最形象吸引读者的"文学评论",许多流誉后世的名篇佳作,几乎都伴随有引人入胜的"故事"或传说。这些故事或发生于作家写作之前,是为触发其写作的契机,所谓"感于哀乐,缘事而发";或是出于一种自觉的责任感使命感,"文章合为时而著,歌诗合为事而作"。而有些诗文本身就在讲故事,史传文学本身就与后世小说特别是传奇小说有千丝万缕的联系,所以唐宋散文中的一些纪传体散文名篇诸如《张中丞传后叙》、《段太尉逸事状》、《杨烈妇传》、《唐河店妪传》、《姚平仲小传》等颇具小说笔法。即如范仲淹之《岳阳楼记》,王庭震《古文集成》中也记述说:

> 《后山诗话》云:"文正为《岳阳楼记》,用对语说时景,世以为奇。尹师鲁读之,曰:'传奇'体耳!"《传奇》,唐裴铏所著小说也。

有些诗歌也是感人的叙事诗,在很多读者那里了解的苏小妹的故事,只是民间的传说,得之于话本小说《苏小妹三难新郎》、近年新编的影视作品《鹊桥

明诗

仙》等。人们出于良好的心理愿望,去观看欣赏苏小妹和秦观的所谓爱情佳话,让聪明贤惠的苏小妹和苏轼最得意的门生秦观在虚构的小说、戏曲、影视作品中成就美好姻缘,而不去考虑受虐病逝于皇祐四年(1052)的苏洵最小的女儿、苏轼的姐姐八娘,和出生在皇祐元年(1049)的秦观结为秦晋之好是根本不可能的!而苏洵的《自尤》诗即以泣血之情记述了爱女所嫁非人,被虐致死的锥心之痛。但长期以来,由于资料的散佚,一些研究苏轼的专家对此亦语焉不详,台湾学者李一冰所著《苏东坡新传》即曰:

> 苏洵痛失爱女,怨愤不平,作《自尤》诗以哀其女(今已不传)。

我们依据曾枣庄先生《嘉祐集笺注》收录了《自尤》诗并叙,并未多加诠释,因为诗作本身就为我们含悲带愤地讲述了一个凄惨的八娘的短暂的一生的悲剧故事。苏小妹不是一个传说!

当然,也有一些故事发生在诗作传播之后,如《舆地广记》和《艇斋诗话》都记载,苏轼"为报先生春睡美,道人轻打五更钟"传到京城,章惇认为东坡生活快活安稳,于是又把诗人贬到海南。但是不论诗人是直书其事,还是借史言事,是因事论事,还是即事兴感,与诗作相关与诗人遭际相关的故事,都有助于我们对经典诗文在知人论世的基础上去读解诠释。

在"换个角度读经典"系列丛书之"故事里的文学经典"(第一批)将要出版发行之际,我们对兰州大学出版社的张仁先生、张映春女士为之付出的大量心血和兢兢业业一丝不苟的敬业精神表示由衷的感佩;对兰州大学文学院党政领导班子,特别是张炳成同志对于丛书的写作出版自始至终的关注支持深表感谢。同时,由于切入角度不同,对于相关诗、词、曲、文名篇的诠解也仅是我们的一得之见,所以我们热望广大读者多提宝贵意见,书山有路勤为径,学海无涯乐作舟,愿读者诸君和我们一起愉快阅读经典的同时,换个角度,读出我们各自心目当中的经典。

庆振轩

二〇一三年八月于兰州

目　录

荡除胡元　荒芜文苑

明
诗

浙东诗派　情理兼重

台阁纯雅　复古渐开

才子哲人　众美荟萃

明
诗

七子复古　横绝一世

明诗

晚明诗文　童心至情

明诗

明诗

云间诗派　明诗殿军

明
诗

荡除胡元　荒芜文苑

　　蒙元政权的建立导致了华夷文化的冲突和科举的中辍。元代社会文化多元,一直以来居于统治地位的儒家文化遭到蒙古文化、中亚文化的冲击,加之种族歧视,士大夫"学而优则仕"的晋身之路被封堵。元代后期虽恢复了科考,但种族歧视依然存在,读书人的出路依旧十分狭窄。直到公元1368年,朱元璋在南京建立朱明政权,萦绕在汉族知识分子头上的雾霾才逐渐散开。新政权在文化上"荡涤南宋、胡元之陋",力图恢复汉唐文化旧制,在文学上兴起了"复古"思潮。朱元璋以程朱理学作为统一思想,提出"胡元以宽而失,朕以收平中国,非猛不可"。由"僧钵"到"皇权",虽然朱元璋完成了华丽转身,然而其内心深处却仍以过去贫苦经历为耻。他异常嫉妒士大夫所拥有的文化优越地位,因而产生了强烈压制别人的暴虐意念,以求获得自己内心的满足。曾经对新政权充满期待的"吴中四杰",在朱元璋文化极权掌控下相继陨落。袁凯及高启虽开辟了明初诗文新气象,然而在朱元璋极权统治的威慑下,在士大夫朝不保夕的心理恐慌中,他们并没能充分发挥出他们的才华,但不可否认的是:袁凯的《白燕》《客中夜坐》与高启的《青丘子歌》《归吴至枫桥》《宫女图》等诗,是明初诗坛中璀璨的明星。现在,就让我们看看这些诗背后的动人故事吧!

明　诗

月明汉水初无影　雪满梁园尚未归

——袁凯成名之《白燕》诗

袁　凯

诗本来是可以吟唱的,古代很多诗人就像今天的歌手一样,成名之作为他们走向辉煌的艺术生涯插上了翅膀。明代诗人袁凯的成名作是《白燕》,自此"白燕"就像一个标签贴在袁凯身上,人称"袁白燕"。

袁凯,字景文,号海叟,松江华亭(今上海市奉贤区)人。当袁凯还是诗坛晚辈的时候,有一天和朋友去拜访当时的文坛盟主杨维桢,目的是为了参加一个诗会。他们二人怀着非常崇敬的心情到了杨府。此时诗歌交流会已经开场,恰好赶上常熟的时太初写了一首《白燕》诗,诗曰:

白　燕

春社年年带雪归,海棠庭院月争辉。

珠帘十二中间卷,玉剪一双高下飞。

天下公侯夸紫颔,国中俦侣尚乌衣。

江湖多少闲鸥鹭,宜与同盟伴钓矶。

杨维桢看后极度称赞第二联:"珠帘十二中间卷,玉剪一双高下飞"写得妙。时太初很是得意,咧嘴笑了,但是自信的笑容很快就消失了。因为有个青年勇敢地向他发起了挑战,这个人就是袁凯。开始袁凯也抱着崇敬的心态认真地读了这首诗,可看完后却摇摇头说:"这首诗还算不错,只是没有将白燕描绘得惟妙惟肖,缺乏神韵!"袁凯的言论并没有引起主持者杨维桢的重视。可是袁凯是个很认真的人,既然你们觉得他的诗已经将白燕写到极妙,那么我也写一首《白燕》,让你们知道什么才是真正的妙。袁凯回到家里就开始思考,脑海里想象着白燕飞翔的身姿,笔下一遍遍揣摩着词语的运用。到了第二天,袁凯顶着一对"熊猫眼"将自己的《白燕》诗恭敬地呈给杨维桢。杨维桢读后赞不绝口,并且亲自将诗誊录了几遍,让客人们传阅。杨维桢不凡的表现,着实引起大家对《白燕》诗的重视。这之后袁白燕一举成名,受人追捧。袁凯的诗是这样写的:

白 燕

故国飘零事已非,旧时王谢见应稀。
月明汉水初无影,雪满梁园尚未归。
柳絮池塘香入梦,梨花庭院冷侵衣。
赵家姊妹多相忌,莫向昭阳殿里飞。

　　全诗无一"燕"字,袁凯的燕子仿佛穿着隐形衣。第一联运用了刘禹锡《乌衣巷》中"旧时王谢堂前燕,飞入寻常百姓家"的典故。但是他巧妙地点出这次不是平常的乌燕,而是罕见的白燕。接着趁热打铁,在中间部分极写燕的白:皎白的月光之下看不见它们的倩影,银装素裹的雪园中也无法辨认出它们的样子。写到这

燕 子

里袁凯还是觉得不够,他觉得没有动态美,于是联想到池塘的飘飘柳絮:白燕在柳絮中翻飞,飘舞的柳絮与穿梭的白燕齐飞,让人分不清楚何处是白燕、何处是柳絮。诗人又说白燕欢快地穿梭于梨花的落英缤纷中,与飞花的飘落融为一体。接着诗人还轻轻地问白燕,你就不怕料峭春寒吗?最后诗人叮嘱它:美丽的白燕啊,你可不要飞到那充满嫉妒和权术的帝王家里呀。在尾联诗人将稀有的白燕与汉宫美人赵飞燕联系起来,更加升华了白燕的美。

　　我们回头将两首《白燕》诗对比就会发现,袁凯的评价确实中肯,时太初的诗意象平常,意境也不深远,而且画面感不强,最主要的是没有表现白燕特殊的神韵。于是在这场无人安排的比赛中,青年才俊袁凯胜出。

据说,袁白燕成名后,大家都竞相模仿,希望也能出点名气,有人甚至说高启作著名的《梅花》诗,也运用了袁凯《白燕》的艺术手法。高启的梅花诗有九首,其中最著名的一首是这样写的:

梅花九首(其一)

琼姿只合在瑶台,谁向江南处处栽?

雪满山中高士卧,月明林下美人来。

寒依疏影萧萧竹,春掩残香漠漠苔。

自去何郎无好咏,东风愁寂几回开?

这首梅花诗还很受毛泽东的喜爱。当时毛泽东不知道从哪里发现了这首诗,也不知道是谁写的,于是两个小时中连续三次动用他的秘书,请他帮忙查找作者。后来得知是高启写的,称赞他为明代最伟大的诗人。其实袁凯的《白燕》诗并没有什么特殊的体例可以模仿,如果说两首诗之间有什么承递关系的话,或许是袁诗的细腻传神给其他诗人提供了很好的借鉴吧。

袁白燕的美名一直流传到后代。清代著名文人王士祯的门人整理了袁凯留下来的文集,寄给他。王士祯对此很有感触,感慨袁凯的才华,为集子题了一首诗:

明诗

鼎足高杨尔不惭,百年遗迹改名蓝。

乌衣王谢俱零落,九字风流白燕菴。

今夕为何夕　他乡说故乡

——袁凯《客中除夕》

　　袁凯生活在元明政权更替时期,频繁的战乱让他四处飘零。如果说他在成名的时候还有着青少年的阳光天性和美好理想的话,那么,随着年龄的增长,慢慢地,无奈的生活就把他折磨成一个怀着悲哀心情、吟唱着深沉诗歌而孤独漂泊的人。

　　又是一个只有自己的除夕,本是一个应该团圆的日子,诗人和他的家人却分隔两地,只有几杯清酒相伴的他悲苦地吟唱出:

客中除夕

今夕为何夕,他乡说故乡。

看人儿女大,为客岁年长。

戎马无休歇,关山正渺茫。

一杯柏叶酒,未敌泪千行。

　　这首诗写得很深情,可以想象诗人端着酒杯坐在门口,看着街上别人家的孩子欢快地玩耍着,猛然发觉这里的孩子都长这么大了,原来自己旅客漂泊的日子已经很久了。也不知道自己的孩子长高了没有,变漂亮了没有。旅居生活带给他的麻木突然间被触碰,袁凯心中的悲苦瞬间涌向全身,他嘴唇颤抖地喝下一杯柏叶酒,然后泪流满面。

　　元末天下纷争,群雄割据,连天蔽日的杀戮给普通的百姓带来了险恶的环境,天下像一口翻滚的热锅,谁都无法逃脱。袁凯就在这个干戈遍地的时期写下了很多动人的诗句,诗人在记录自己内心的同时也记录了历史:

明诗

《江上早秋图》

江上早秋

靡靡菰蒲已满陂，菱花菱叶更参差。

即从景物看身世，却怪飘零枉岁时。

得食野鸥争去远，避风江鹳独归迟。

干戈此日连秋色，头白犹多宋玉悲。

本来是菰蒲、菱角成熟的季节，可是却烽火连天，天地全是红色的：红菱、火焰、人畜的血迹。袁凯到处躲避，来到江边看着滚滚江水，感慨飘零的岁月。混战中，诗人看到人们和自己一样像野鸭、江鹳夺食，在不安定的社会中仓皇逃亡，不由得从心底厌恶地说了一句"干戈此日连秋色，头白犹多宋玉悲"。是啊，连年的战争让人们无法进行正常的生活，本来过些年头自己就到了应享受天伦的年纪，可是还要像宋玉一样忍受着穷途末路的滋味，岂不让人辛酸。

明诗

行行无别语　只道早还乡

——袁凯《京师得家书》

元朝终于在历史的洪流中走向衰败,明朝朝气蓬勃地建立起来。此时袁凯已经快五十岁了。这个临近知天命年纪的人却被朱元璋应征到身边。他独自旅居京城,有一天收到了家里的来信,袁凯激动地颤抖着双手展开了信:

京师得家书

江水三千里,家书十五行。

行行无别语,只道早还乡。

独居在京师的诗人收到了千里之外的家信,信虽简短,内容单一,但信里期盼诗人回家的愿望却是诗人所向往的。寥寥数语,天然纯朴,感情浓厚。早还乡几乎成了袁凯的梦想,不管是战争年代还是和平年代,这个愿望都是那么难以实现。

明诗

落叶萧萧江水长　故园归路更茫茫

——袁凯《客中夜坐》

　　明初,文人的命运总与一个人息息相关,这个人就是朱元璋。朱元璋对知识分子持有一种复杂的心理,在利用与掌控、压制与提拔之中徘徊。这个精明而有才干的皇帝,总是担心那些文弱的知识分子会在他不经意之间颠覆他的政权。同时朱元璋对自己的身世也讳莫如深,对他当过和尚、贼寇深以为耻,于是他就以另一种方式来弥补自己经历过的无奈和尴尬。那就是,谁敢说"僧""光""贼"等字及一系列同义字都要付出生命的代价。袁凯后来做了朱元璋的近臣,亲眼看到无辜者被杀,所以他十分谨慎,并经常提醒其他同僚。但常言道,怕什么来什么,终于有一天,袁凯遇上了麻烦。

　　这天朱元璋又想把监狱里的囚犯清理一下,否则新的犯人无处安置,于是打算杀了算了。他让袁凯把名单给皇太子送去,再审核一下。太子看到他的父亲要杀这么多人,于心不忍,于是能减刑就减刑。袁凯例行公事,给皇上报告了太子的决定,没想到朱元璋竟问他:"太子和我的意见竟然这么不同,你说我们谁做得对?"袁凯的心一下就凉了,冷汗顺着脸上的皱纹流了下来。想了一下,说:"皇上您是按照律令办事,自然没错。太子心存仁慈,也没什么可苛责的。"其实这问题就是个悖论,袁凯这样回答应该是最好的了。可是当天朱元璋心情不好,其实按照他杀人的频率来说,他每天都没有好心情。袁凯回答后心脏还在剧烈地跳动,他已经想到了最坏的后果。朱元璋听后,果然很厌烦袁凯的回答,认为袁凯老奸巨猾,是个"持两端"的人。

　　什么叫"持两端"呢？这属于中国古代逻辑学范畴。春秋时有个叫邓析的人开创了这个观点,又叫"两可说"。这种思想是不容于正统观念的。因为正统观念认为它是"以非为是,以是为非,是非无度"的诡辩论。有一个"持两端"的实例:郑国有个富人淹死了。恰好有人把尸体打捞了上来,但是要价很高。于是富人的家人就找邓析出主意。邓析说:"你不用着急,除了你们还有谁会

明诗

花高价去买你家老爷的尸体呢。"于是富人的家属有了底气,不再找捞尸的人。这下捞尸的人也着急了,也找邓析帮忙。邓析说:"你不用着急,他们只能向你买尸体。"客观地说,邓析的回答并没有错,但是确实没有给出一个解决问题的方法。

　　袁凯的回答同样给朱元璋这样的感觉,但是似乎也没有更好的回答。袁凯的厄运开始了。朱元璋又开始了莫名的愤怒,于是将袁凯打入监狱,过了三天又把他放了出来。不要以为朱元璋突然间有了慈悲心肠,而是因为他对肉体折磨已经玩腻了,他要对袁凯进行精神折磨。朱元璋不动声色,还让袁凯当御史。袁凯心里忐忑不安,皇帝不按常理出牌,这是怎么回事呢?在这个致命游戏中,谁要是说真心话准是玩大冒险的,难道进了三天监狱就没事了吗?袁凯忐忑地站在大殿上,心里一个劲儿地打鼓。突然伴随着太监尖细的声音,朱元璋现身了。朱元璋坐上他的龙椅,第一件事是指着袁凯的鼻子说:"你是个持两端的人。"袁凯很惶恐,他想原来是在这儿等着我呢。更出乎袁凯意料的是以后每天都这样。朱元璋玩得很开心,不厌其烦,袁凯受不了了,他觉得再这样下去他就要崩溃了。于是灵光一现,那我提前崩溃好了。于是有一天,袁凯上朝路过金水桥的时候扑地不起。朱元璋听到后心里盘算着:"这老小子,耍我,敢装疯。"于是让人用钻子扎他。袁凯忍着剧烈的疼痛竟然没哼一声。于是朱元璋就把他放回了老家。袁凯很聪明,知道身边一定潜藏着特务,一回家就用狗链子锁住了脖子,自毁形象。朱元璋还是觉得袁凯在装傻,说:"东海跑了一条大鳗鱼。"这鳗鱼指的自然是袁凯了。这词后来还被人应用到了袁凯身上。明朝最后一个皇帝崇祯时期,有人在袁凯的白燕菴题了一副对联:"春风燕子依然入,东海鳗鱼不可寻"。对联的典故就来源于白燕诗和朱元璋的这句话,这对联基本概括了袁凯人生的两件标志性事件,十分贴切。朱元璋还派使者到袁凯的家乡宣旨,让袁凯继续做官。袁凯没想到朱元璋还惦记着他,只见他瞪着眼睛看着使者,装腔作势,高唱《月儿高》。使者回朝禀报说袁凯真疯了。多疑的朱元璋还是不放心。有一天特务来报,袁凯在家里吃墙边的狗粪,奇臭无比,但是袁凯嚼得津津有味。朱元璋终于相信袁凯疯了。实际上袁凯吃的是家人制作的高级"仿真狗屎",原料是炒面和上糖,然后捏成长条状。再加上他家狗的配合,这狠招终于让朱元璋不再监视他了。

　　袁凯的遭遇说明,明初诗人的生存状态非常艰难,因此,他们经常用文字表达自己压抑的心情,其中重要的形式就是诗歌。但是诗歌具体影射的内容或许

明诗

只有诗人自己最清楚,他人多是揣测,所以有时候常被多事的人拿来做文章。

蚊

群蛇戢戢方斗争,虾蟆蝼蛄相和鸣。

百足之虫行无声,毒气着人昏不醒。

蚊蚋虽微亦从横,隐然如雷吁可惊。

东方日色苦未明,老夫闭门不敢行。

蚊

这首昆虫国度写得十分有趣,有人说这首诗是用来讥讽朱元璋的,实际上这首诗是写于元末战乱时期,描写战争的繁乱。袁凯没这个胆子影射朱元璋,他躲还来不及,怎么会主动招惹那位脾气不好的万岁爷呢?了解袁凯如履薄冰的境况,就不奇怪他总写这样的诗了:

客中夜坐

落叶萧萧江水长,故园归路更茫茫。

一声新雁三更雨,何处行人不断肠。

每天如履薄冰,说不定哪天就再也见不到亲人的袁凯,在夜里一个人独坐到天明。他看着落叶随江水漂流而去,想着什么时候自己也能乘一叶扁舟,踩着风浪回到故乡呢?突然间听到大雁的一声鸣叫,这是第一批南飞的大雁啊,要是被行人听见了,一定痛苦到断肠。但是我还不如行人呢,行人已经走在回家的路上了,我呢?都还没有成为行人。

大雁南飞

如今白发知多少　风雨扬州共被眠

——袁凯《扬州逢李十二衍》

　　袁凯将痛苦融到诗歌里,让诗读起来荡气回肠。袁凯可以称得上是古代的"悲情王子",即使是在一些欢快的场合,他也能书写出一些忧伤的调子:

扬州逢李十二衍

与子相逢俱少年,东吴城郭酒如川。

如今白发知多少,风雨扬州共被眠。

　　老友相会本是件人生快事,但是这两位好友一起跨越了朝代的更迭,动荡不堪的历史巨变让他们觉得好像分离有一个世纪之久。今日的相会让袁凯不自觉地想起了与李衍第一次见面的时候。那时二人还是英俊少年,一见如故,就到酒馆里一番痛饮。当时的苏州,车水马龙。经过元末的混战和朱元璋对苏州的特别"待遇",苏州的景象一片凋敝。再看看老朋友,白发苍苍,身形也佝偻了,哪里还有当年的雄姿英发。诗的最后一句写得很动人,这两位老人竟然在那一夜,同床而眠,回忆过去,唠叨现在,评说今生,互相慰藉彼此破碎苍老的心。

明诗

何事能诗杜陵老　也频骑叩富儿门

——高启《题孟浩然骑驴吟雪》

高启（1336—1373年），明初诗人，字季迪，长洲（今江苏苏州）人。元末曾隐居吴淞江畔的青丘，由此自号青丘子，有"明三百年诗人之冠冕"的美誉。高启为有明第一大诗人，与杨基、张羽、徐贲合称为"吴中四杰"。

高启生于元顺帝至元二年（1336年）。在他出生的这一年，一个与他休戚相关的人正八岁。这个与高启一样靠着自己的努力成就一番声名的人，却最后结束了高启的生命，他就是明朝开国皇帝朱元璋。此时距元灭亡尚有三十余年，元政权的内在机

高　启

体已呈递减数列发展。在高启大概十三岁的时候，元末大动乱开始了。但吴中却处于征战边缘，是纷飞战乱中难得的一处平静之地。至正十六年（1356年），吴中被张士诚占据。张士诚喜风雅，在其统治吴中的十多年期间，身边聚集了一大批文人雅士。高启的世界观、人生观、价值观大体是在张士诚据吴期形成的。

明诗

古代的知名作家一般都出自书香门第、官宦之家，这样家庭的子弟可以受到良好的家庭环境熏陶。高启却非此出身。若按照过去几十年的说法，高启是大地主家子弟，就当时来说，虽不及名门世家，但好歹也算是郡里的乡绅富户，所以高启自己说："故乡一区田，自我先人遗。赖此容我懒，不耕坐待炊。"看来这小生活着实不错。殷实的家境确实为这个天才高逸的少年提供了优良的成才土壤。至于高启如何成为一代著名文人，据说是家塾教育，老师就是他自己了。

高启不仅是个诗人，还是一个颇有见识的历史学家。他甚至在学习诗歌时都是以史为鉴，博采众家之长。"诗人之柔弱，骚人之凄清，汉魏之古雅，晋唐之

和醇信逸",高启照单全收。所以,高启的诗虽然貌似"假古董",但却是高仿,仿的是创作理念,而非表面形式,直至创造了自己的"品牌"。可见高启对诗自有一番独特理解,他曾写过这样的一首诗:

题孟浩然骑驴吟雪图

西风驴背倚吟魂,只到庞公旧隐村。
何事能诗杜陵老,也频骑叩富儿门!

孟浩然是一位苦吟诗人,怎么个苦吟法呢?他曾经为了炼字炼句经常皱眉,导致眉毛都脱落了,还经常一副高瘦、白袍、跋涉、寻觅的样子。据说只有通过这种苦吟的方法才能体会到诗的真滋味,而且孟浩然的行为也受到一部分人效仿和赞扬。可是高启并不认可苦吟这个"绝对真理",他说,杜甫的诗好不好,词句工不工

骑驴图

整?可他也频频骑着肥马叩响富人家的门呀。高启勇敢地提出了"诗不必穷而后工"的独到看法。高启的胆量确实惊世骇俗,这其中的缘由或许就在于高启的"魔幻主义"性情。他的理念就是才高不避,扬而无愧。

明
诗

青丘子 臞而清

——高启《青丘子歌》

古多狂人，自恃才高。高启就是其中一位。陈田《明诗纪事》说："青田（刘基）作《二鬼》诗，自负与潜溪（宋濂）并置天壤，岂知江上有青丘子哉！"刘基在诗中说自己和宋濂是上天放去人间游戏的小鬼。而高启在其《青丘子》诗中称自己是下凡的仙人，字里行间弥漫着少年的自信、骄纵和狂傲。这首诗上承李白诗歌的浪漫主义手法，发挥丰富想象，运用夸张的方式，以清高的节操，表达作者对理想的追求和对权贵的蔑视。

青丘子歌

青丘子，臞而清，本是五云阁下之仙卿。何年降谪在世间，向人不道姓与名。蹑屩厌远游，荷锄懒躬耕。有剑任锈涩，有书任纵横。不肯折腰为五斗米，不肯掉舌下七十城。但好觅诗句，自吟自酬赓。

田间曳杖复带索，傍人不识笑且轻。谓是鲁迂儒、楚狂生。青丘子，闻之不介意，吟声出吻不绝咿咿鸣。朝吟忘其饥，暮吟散不平。当其苦吟时，兀兀如被酲。头发不暇栉，家事不及营；儿啼不知怜，客至不果迎。不忧回也空，不慕猗氏盈；不惭被宽褐，不羡垂华缨。不问龙虎苦战斗，不管乌兔忙奔倾。

向水际独坐，林中独行。研元气，搜元精，造化万物难隐情。冥茫八极游心兵，坐令无象作有声。微如破悬虱，壮若屠长鲸，清同吸沆瀣，险比排峥嵘。霭霭晴云披，轧轧冻草萌。高攀天根探月窟，犀照牛渚万怪呈。妙意俄同鬼神会，佳景每与江山争。星虹助光气，烟露滋华英。听音谐《韶》乐，咀味得大羹。世间无物为我娱，自出金石相轰铿。

江边茅屋风雨晴，闭门睡足诗初成。叩壶自高歌，不顾俗耳惊。欲呼君山老父携诸仙所弄之长笛，和我此歌吹月明。但愁欻忽波浪起，鸟兽骇叫山摇崩。天帝闻之怒，下遣白鹤迎。不容在世作狡狯，复结飞佩还瑶京。

明诗

　　吴中有着特殊的文化土壤:尚趣、尚俗、尚利,重自我,诗文追求自适。高启这一首诗就充分展现出吴中的文化特色,有着浓厚的"自我意识"。全诗采用先抑后扬的手法。诗人初到青丘时,人们对这个不耕五谷、不愿远游、不舞剑、不看书,每天咿咿呀呀吟唱诗歌的年轻人感到奇怪,甚至很轻视他。听多了这样的评价,诗人决定为自己正名,于是写了一首长诗,向世人宣告:别笑话我,我是一个被贬的神仙。

　　这首诗磅礴跌宕、神韵飞扬,深得李白诗的精髓,更有李白的自傲。诗人自比"本是五云阁下之仙卿,何年降谪在世间",与李白"青莲居士谪仙人,酒肆藏名三十春",真是如出一辙。诗人沉浸于由内心所感的诗歌创作之中,徜徉于天地之间,恢宏中有细致,细密中又充斥着磅礴的气势,种种滋味难以言说。但是他还是遗憾自己没有与吕卿筠相应的君山老父那样的知音。最后诗人竟说没有知音也好,不然那美妙的诗歌还不惊动上天,将其接上天去,自语此诗只应天上有呀。看这气势,是够狂妄的。不过高启的才情还是被后世所认可,四库馆臣称其"才高逸,实据明一代诗人之上"。

　　从高启早期的诗歌可以看出其学习、崇尚李白等唐朝诗人的痕迹。后来高启更明确提出,"注重辩体,格、意、趣乃诗之要,兼师众长,学习唐音"等诗学观点。这些观点成就了高启,也引领了明代诗学复古习唐之风。

明

诗

我少喜功名　轻事勇且狂

——高启《赠薛相士》

在古代,功名是很多人毕生追求的目标。醉心仕途,从事举业,是很多学子的出路。谁家的孩子要是中举,就意味着摸着金饭碗的边儿了,要吃皇粮了,可以荣宗耀祖了。高启被冠以隐士的身份,他一直都在回避官场仕途。但在其年少轻狂之时,心中也装着一个求官用世的梦。所以高启在诗中坦言:

赠薛相士

我少喜功名,轻事勇且狂。

顾影每自奇,磊落七尺长。

要将二三策,为君致时康;

公卿可俯拾,岂数尚书郎?

回头几何年,突兀渐老苍。

始图竟无成,艰险嗟备尝。

归来省昨非,我耕妇自桑。

击木野田间,高歌诵虞唐。

薛生远挐舟,访我南渚旁。

自言解相人,视余难久藏。

脑后骨已隆,眉间气初黄。

我起前谢生,弛弓懒复张。

请看近时人,跃马富贵场。

非才冒权宠,须臾竟披猖。

鼎食复鼎烹,主父世共伤。

安居保常分,为计岂不良?

愿生毋多言,妄念吾已忘。

　　此诗作于至正二十年(1360年),高启开始隐居于青丘之后。其时他早年怀抱"要将二三策,为君致时康"的理想已经破灭,他深刻领悟到政治斗争的残酷性。诗中"不问龙虎苦战斗",意谓他对张士诚、朱元璋等群雄纷争已经厌倦。他对人生目标的选择,既非一向受尊重的达官、游士、隐者,亦非日益活跃的富商,他只愿做一个诗人,一个自由孤独的诗人。而诗对于诗人来说,既不是闲适的消遣,更不是一种实现社会道德目标的工具;诗只是诗人自身内在的需要,不服从任何外在的目的。

明　诗

不如山中樵　醉卧谁得呼

——高启《赠醉樵》

高启作诗经常起到语惊四座的效果,甚至一些文坛老者都很欣赏他的才华,感慨后生可畏。他的学生吕勉就曾经记录过高启少年时的一段轶事:

高启16岁(一说21岁)时,淮南行省参知政事饶介分守吴中。可以说在这一地盘儿上,他可是一个威望高隆的尊者。但他却没有官员做派,礼贤下士。他听闻高启是一位赫赫有名的才子,非常想一睹其风采。可高启却不愿跟官员有半毛钱的关系,所以一直推脱不赴宴。使者一再恳求,高启才勉为其难离家赴宴。这次高启倒是来了,可他却尽量坐在后面,座上都是学术专家,满腹经纶。这虽然是一次文人雅集,却是一场没有硝烟的"战争":表现出色则一举成名,才学不佳则留人笑柄。主持者要求以倪云林的《竹木图》为题,并且用次原诗"木、绿、曲"韵,其实就是想通过刁钻的题目试探高启是否有真才实学。这些得意扬扬的巨儒都觉得高启年少,必然无法解决他们费劲脑汁设计的问题,若能符合要求写出诗作就已不错了。可是高启站立未久,便启朱唇,脱口一诗:

> 主人原非段干木,一瓢倒泻潇湘绿。
>
> 逾垣为惜酒在樽,饮余自鼓无弦曲。

饶介等人非常惊异,如此年少怎么作得这样含蓄深远的诗呢! 此乃才子,不能轻视。古人对待有真才实学的人都是发自内心钦佩,于是众人一下子就把高启奉为上宾。而原来那些轻视他的人,此时也大跌眼镜,不相信自己写了一辈子的诗词,居然还比不上这个乳臭未干的小子。自此,高启的名声不仅流传于乡野,更遍播于达官贵人之间,甚至博得了文坛前辈的好感。

在这次会面之后,饶介非常喜欢高启,在以后的聚会中,高启也经常受到邀请。

一天，吴中名人杨廉夫又组织了诗友茶话会。饶介自号醉樵，这场诗会就以歌咏醉樵为主题。高启作诗云：

赠醉樵

川钓已遭猎，野耕终改图。不如山中樵，醉卧谁得呼。采山不采松，松花可为酒。酒熟谁共斟，木客为我友。木客已去空石床，举杯向月邀吴刚。借汝快斧斫大桂，要令四海增清光。林风吹发寒拥耳，独枕空尊碧岩里。此时忘却负薪归，猛虎一声惊不起。世间万事如浮烟，看棋何必逢神仙。青松化石鹤未返，酒醒又是三千年。

诗中醉樵的形象鲜活生动，他醉卧山中，与木为友，邀酒吴刚，猛虎无惊，醉得洒脱，醉得气魄，最后一句更是营造出了超脱世俗的意境。这次，高启屈居第二，张简貌似略胜一筹，可之后却遭人非议。清初名儒朱彝尊就认为张简的诗实在粗陋，而且粗陋到了最下等。这是为什么呢，难道其诗歌本身真不及高启的超凡脱俗？还是张简此诗飘逸旷达，意境深远，确胜于高启？下面是张简的诗，不知大家是否独具慧眼，能品评出这两者的高下。

樵夫

醉樵歌

东吴市中逢醉樵，铁冠欹侧发飘萧。两肩矻矻何所负？青松一枝悬酒瓢。自言华盖峰头住，足迹踏遍人间路。学剑学书总不成，惟有饮酒得真趣。管乐本是王霸才，松乔自有烟霞具。手持昆冈白玉斧，曾向月里斫桂树。月里仙人不我嗔，特令下饮洞庭春。兴来一吸海水尽，却把珊瑚樵作薪。醒时邂逅逢王质，石上看棋黄鹄立。斧柯烂尽不成仙，不如一醉三千日。于今老去名空在，处处题诗偿酒债。淋漓醉墨落人间，夜夜风雷起光怪。

沙阔水寒鱼不见　满身霜露立多时

——高启《题〈芦雁图〉》

所谓"逝者如斯夫,不舍昼夜",转眼间高启也到了适婚的年龄。在古代,婚姻要遵从父母之命、媒妁之言。一般人家择婿的标准不是"高富帅",而是要有一身好品行和好才学。只有这样的才子少年才可能抱得"白富美"人归。高启的好姻缘就源于一首诗。家里的长辈曾为其聘青丘巨室周翁仲达的女儿,而这周氏之女也善吟诗,很合高启的心意。

古代娶亲要耗费一大笔银子,首先得有房子,富贵之家车子也不在话下。但除了这些还有很烦琐的礼仪,即所谓"六礼"。当然其中花费照样少不了。"六礼"是指从议婚至完婚过程中的六种礼节,即纳彩、问名、纳吉、纳征、请期、亲迎。纳彩,是男方家去女方家问"能不能把你家女儿许配给我家儿子呀,我家儿子才貌双全,我们一定会对你家女儿好的"等等。如果女方家同意,就进行下一步骤,请人问名。问名,即男方家请媒人问女方的名字和出生年月日。然后就是纳吉了,男方家将取回的女子的名字、出生年月日和自家男子的送去祖庙进行占卜,看看两个小青年的命相是否相克,看看这个女子有没有旺夫命什么

芦雁图

的。占卜过后发现真是天生一对,下面就可以谈聘礼了。男方家要将聘礼送到女方家,这就是纳征,亦称纳币。聘礼送之后,就要请期,即男家选个良辰吉日,备上丰厚的礼品告知女方家,请求女方家同意。最后至关重要的一项就是亲迎,即新郎骑着宝马,到女方家接新娘,并一路扮演护花使者的角色。

奈何此时高启已经家道中落,没有能力备齐六礼。有一天周翁病重,与周翁交往的朋友便戏弄高启说:"你未来的岳父大人身体不适,为什么

不去问候一下呢?"别人有心戏弄他,可高启却觉得这是一个不可多得的求亲机会,便马上应允了。高启及众人很快到达了周翁的府邸。由于是初次相见,于礼高启不能进入内宅,便在外室等候。周翁见到友人,说:"我的病才刚刚好,不宜马上见新客。但我听闻他在吟诗方面颇有天赋,那么就以客房的《芦雁图》为题,作首题画诗,让老夫瞧瞧。"高启听罢,便大笔一挥,即刻成诗。诗云:

西风吹折荻花枝,好鸟飞来羽翮垂。

沙阔水寒鱼不见,满身霜露立多时。

高启的诗不仅应画之景,也应了他自身的心情。他在暗示周翁:他就如那《芦雁图》中的鸟儿寻荻花枝,焦急等待,鱼儿却不来。周翁听后,觉得高启这个小伙子很有才,也很有趣,笑着说:"他这是来求妻室了。"周翁又与其交谈了一阵,就请他先回去,并告知他择日便可以来娶亲了。这首诗就成了最好的聘礼,成就了高启与周氏女儿的美好姻缘。可见古代诗歌的作用真大。

高启对周氏女一往情深,即使在婚后还常以诗为媒,表达情义。后来他在京城为高官时,有一首《答内寄》,感人肺腑:

答内寄

落月入晓闺,相思不须啼。

我非秋胡子,君岂苏秦妻。

风从故乡来,吹诗达京县。

读之见君心,宁徒见君面。

拔草不易绝,割水终难开。

行云会有时,飞下巫阳台。

莫信长安道,花枝满楼好。

白马系春风,离愁坐将老。

高启跟妻子说:不要相信他人说北京是个景好人美的大都市,没有你的日子,我很快就伴着离愁枯坐到老了。可见高启非常思念自己的妻子。高启与其妻伉俪情深。在高启死后,由于他膝下无子,其妻嘱托子侄将高启的诗文集付梓出版。

仓皇不敢送出郭　执手暂立怀忧惊

——高启《答余新郑》

　　至正十六年（1356年），高启21岁时，张士诚占领了吴县，开始了他的十年统治。张士诚虽出身私盐贩子，但执政时却不粗野。他召集元代学士陈基、右丞饶介为他的参谋，召宴贤士，大有礼纳贤才的意思。同时他乘势而起，争夺天下，可是却不是朱元璋的对手，于是他转而打起元朝的正统旗号，以强势的军事力量占据吴中这片沃土，与朱元璋开始了长时间的对峙拉锯。当时有很多人指望张士诚能挽回元朝破败的局面，并借此谋得一官半职，施展一下政治上的才华。这其中就有高启的好友徐贲、高逊志、唐肃、余尧臣、张羽、杨基等。高启虽不反对朋友们的主张，亦不看好张士诚，觉得自己还是选择做一个安分守己的诗人，远离变幻莫测的政途。

　　前文所说的薛相士就是高启的朋友薛月鉴，钻研相术，劝说高启出仕。但高启用一首《赠薛相士》诗说明其心思，拒绝了好友的提议，这首诗的最后几句表明了高启的心迹：

　　　　　　　请看近时人，跃马富贵场。

　　　　　　　非才冒权贵，须臾竟披猖。

　　　　　　　鼎食复鼎烹，主父世共伤。

　　　　　　　安居保常分，为计岂不良！

　　　　　　　愿生毋多言，妄念吾已忘。

　　高启告诉朋友，他不是不爱好做官，而是他已经看透了官场上朝穿裘坐马、日落披猖无归的实质。官场如战场，经常在不经意之间，我们知道，高启不仅是诗人，还是个历史学家，能够洞悉历史发展的规律。他虽选择明哲保身，可有的时候却身不由己。

俗话说"人怕出名"。高启在当时的名气很大，虽说没有做官，但他为张士诚写过赞歌，与张士诚手下的左膀右臂参政饶介和参军蔡彦文等来往非常密切。他的诸多好友又先后投奔张士诚麾下，而张士诚可是朱元璋的死对头！谁敢与张士诚为伍，就是与朱元璋为敌。按照爱屋及乌的反向逻辑，为张士诚所用的官员，必然会受到朱元璋的惩处。所以到了至正二十七年（1367年），朱元璋终于忍不住了，大兵逼吴，俘虏了张士诚及所有官属将校，移送建康，位高者即刻处斩，其他人众编藉管教。对于当时的景象，高启的长诗《答余新郑》前几句有真实再现：

> 前年吴门初解兵，君别故国当西行。
> 有司临门暮驱发，道路风雨啼孩婴。
> 仓皇不敢送出郭，执手暂立怀忧惊。
> 我时虽幸脱锋镝，乱后生事无堪营。
> 移家江上托地主，闲园借得亲锄耕。

风中啼哭的婴孩让人心碎，亲友被驱逐着离开家乡，幸免逃脱的人面对残垣败景无法进行正常的生活。这一场灾难让高启心惊，也让他对朱元璋有了最初的认识。然而朱元璋对高启这样的"高级知识分子"也不放过，采取了拉拢的策略，给他们"京城户口"，放在眼皮子底下仔细考察，对他们进行"政治洗脑"，一不听话就可能被拉出去斩首。当时朱元璋也曾下诏纳令，诏书的内容是这样的：

元末起义

明诗

这天下的治理，应由天下的贤士共理。现在高人都躲在乡野世外，是不是管理的官员没有尽到敦劝的责任，还是朝廷没有礼待贤才呀？要不就是朕愚昧至极，不值得贤人相助。或是在位的人蒙蔽了朕，阻止人才为朝廷出力。如果不是这样，那么贤士大夫从幼年就苦修经书，却甘心埋没才能于深山之中吗？天下刚刚安定，朕愿和你们共建强大国家。有能辅佐朕、帮助民生建设的贤才，朝廷必定以礼相待。

只愁使者频催发　不尽江头话别情

——高启《被召将京师留别亲友》

　　前文的这通诏书一方面确实反映了开国皇帝招贤纳士的急切心情，文辞恳切，但字里行间却流露着对朝廷官员及隐士的威胁：如果你不来，就是觉得我昏庸无能，不屑与我为伍；如果是下面的官员请不来贤才，就是他们玩忽职守。这下子寻贤访士的官员必然倾尽全力，任你躲在深山老林中也得把你抓出来。而不配合的，比如苏州的姚润和王谟就连带家人一起奔赴黄泉。高启这次没招了，人们常说"我惹不起还躲得起"，可这天下都是朱元璋的，哪里可躲？高启知道这次真的躲不掉。可是高启知道"伴君如伴虎"的道理，更何况朱元璋是一只生性猜忌的猛虎。他心里有太多不情愿，却只能在诗里说说：

被召将京师留别亲友

长送游人作远行，今朝还自别乡城。

北山恐起移文诮，东观惭叨论议名。

路去几程天欲近，春来十日水初生。

只愁使者频催发，不尽江头话别情。

官秩加身应谬得　乡音到耳是真归

——高启《归吴至枫桥》

　　高启最终还是来到了京城。也许是因为精神比较紧张，所以这些招来的贤士夜间多梦，而且还是一些奇梦。

　　高启在《志梦》中，讲述了三个关于梦的小故事：一天晚上，高启梦到自己和同在内府做官的谢徽，早晨在午门候着，像是要去上朝的样子。有个人向两人行了个礼说："您二位要调动官职了。"两人虽觉得诧异却没有理会。前行了几步又遇见了梁公。梁公说："您即将调离，学生们让我带来告别之语。"高启非常惊讶，急着问："难道我要调去很远的地方吗？"梁公回答说："不是。"高启从梦中醒来，第二日便告诉了谢徽。两人都私下里等着事情的发生。过了三天，就是阴历十六，按照惯例，应该组织国子监即国家最高学府的学生们觐见皇上。学生们刚在右顺门集合完毕，梁公传旨说："你们这些学生可以到太学继续学习了，您两位另有重要安排。"第二天即将上朝之时，宦官急着召见高启和谢徽两人说："皇上传旨命开平王的两个儿子来东宫学习经书，命你二人教授他们。"高、谢二人相视而笑，都感慨梦境的神奇。

　　同年的二月二十日夜里，谢徽梦到自己与高启一同被召入宫中面见皇上。皇上授予两人一纸文书，谢徽一看，这不是委任书吗？谢徽瞥了一眼，发现有翰林院三个字。惊讶之余，谢徽都忘了拜谢皇上，而高启恭敬地拜谢收下了。第二天谢徽把梦里的事告诉了高启，两人又把此事记下，等待事情的发展。过了六天，皇上要到奉天门，官员也一并侍奉左右。高启被召于小黄门的宫殿台阶上等候。朱元璋说："这两位学者在学校任职也有些时日了，两人都有良好的学术品行。那么让他们以平民百姓的身份游览一下朕的皇家大院，应该是可以的吧！还有，给他们升职为翰林。"虽然高启并不盼着升官发财，但也赶紧恭敬拜谢而去。第二天，两人正式授职编修官，即主管国家图书编纂等工作，此时两人更加感觉梦的奇异。

　　七月十五日的晚上，谢徽的母亲又做了一个梦。梦见使者抬来了两个橱子

明诗

送给谢、高两家。打开一看，里面都各放着白银。谢徽的家人很高兴便捧出来看，没想到白银瞬间化为灰烬。到了白天，谢母就把昨晚做梦所见到的事告诉了儿媳妇。谢徽和高启也很快听闻了这件事。但是两人私下觉得这次的梦较之前两次好像比较隐晦，不知道具体是什么事，难道是老太太年纪大了，没记清楚？让两人觉得最奇怪的是，为什么偏偏谢徽的白银灰飞烟灭呢？虽说这是在梦里发生的，但如果像前两次变成了现实，这怎可得！他们只有记下等着。

这次的等待比较煎熬。到二十八日的傍晚，两人刚走出翰林院准备回家，远方一人疾驰骏马而来，召他二人即刻就去阙楼面见皇上。两人一路小跑，气喘吁吁，平静了一下才进去面见皇上。两人刚刚跪下，边上的宦臣便开始念诏书，跪了好久，诏书还是夸奖赞誉两人学问好、品德好、工作尽职尽责等。两人莫名其妙，不知今天万岁又有何旨意。一通夸赞之后，皇帝亲自授予高启户部侍郎，即如今国家财政部副部长的职位。授予谢徽吏部郎中，即如今人事局局长的职位，两人终于成为握有一定权力的官员了。此后不仅皇粮要涨，更重要是有了权利。但出人意料的是两人都坚持拒绝，要求辞官回乡。据说是谢徽先提出自己已经年老，没有能力辅佐皇上之类的。此理由倒是成立，皇上便准了。这时一直琢磨怎么离朱元璋远一点的高启，便进行了一场"头脑风暴"，灵光闪现。高启见朱元璋答了谢徽的请求，便马上顺杆爬，对朱元璋说："感谢万岁一直以来对我的照顾和优待，可我就是个书呆子，在理财的专业知识上相当匮乏，实在是不能担当这样的大任呀。再说了连谢徽这样的长辈都要回乡了，我这没什么本事的小辈，怎么好意思接受这么大的权力呢！您看，《元史》也编完了，我也没什么用处了，要不您把我也放回去吧。"朱元璋没想到是这样的结果，但这个暴脾气的皇帝这次没有发飙，竟然还是把白银赏赐给他们，并恩准他们辞官回乡。这时候的高启心里别提有多高兴，还是"距离产生美"呀！可是他们还是怕朱元璋反悔，或是不高兴找他们算账，两人即刻启程。高启没有家眷，便随谢徽同舟而去。在船上谢徽的二弟对高启说："家里负担太重，赐给的钱财都快用完了，何况回乡也没有什么营生可做。哎！这可怎么办呐。"高启听后，才知道梦中谢徽家人捧视白银灰飞烟灭的原因是什么了。高、谢两人更加觉得这梦简直神了！

乘舟归里

说到这里,其实距高启生命的终点已经不远了。因为高启觉得非常合理的辞官理由在朱元璋那里就是实实在在的借口。朱元璋心里想:好你个高启,看来你果真是不想辅佐我。我先放了你,这天下是我的,等以后再收拾你也不迟。其实高启此时也不好过,总觉得背上冷风阵阵,直到脚踩在家乡的河岸上,听到乡音,心里才觉得此番种种不是梦境。心里着实欢喜,于是吟出了这样的诗句:

归吴至枫桥

遥看城郭尚疑非,不见青山旧塔微。

官秩加身应谬得,乡音到耳是真归。

夕阳寺掩啼乌在,秋水桥空乳鸭飞。

寄语里闾休复羡,锦衣今已作荷衣。

从诗中不难看出高启回乡的激动心情,他像一只从笼中放出的小鸟,欢喜得飞扑山林,眼前一切景致,都觉得是明媚可爱的。

重返青丘的高启,恢复了自由的生活。但有的乡人却说:"如若高启是主动辞官,那肯定是他精神不正常。"还有人说:"高启说不定是被贬官了,不好意思说,就说是辞官。"可高启心情好,没烦恼,根本不理会他人的闲言碎语。他甚至还写了一首词来表达他已经看破"红尘":

摸鱼儿·自适

近年稍谙时事,旁人休笑头缩。睹棋几局输赢注,正似世情翻覆。思算熟。向前去不如,退后无羞辱。三般检束:莫恃傲才,莫夸高论,莫趁闲追逐。

虽都道,富贵人之所欲。天曾付几多福?倘来入手还须做,底用看人眉目。聊自足,见放着、有田可种,有书堪读,村醪可漉。这后段行藏,从天发付,何须问龟卜。

高启的归乡生活,正如他的词中所写,除了自足自乐,其次就是小心谨慎。他不仅言行谨饬,甚至不与他人过多交往,不管谁请,都一律不见。按理说如此小心,不该招致祸患。但是命运还是跟他开了一个玩笑。

明

诗

小犬隔花空吠影　夜深宫禁有谁来

——高启《宫女图》

宫女图

洪武五年,魏观来任苏州知府。魏观为官清廉,招揽人才,坚持为百姓办事。高启在京城就和魏观交好,虽然高启曾在梦中见父亲在手掌中写一"魏"字,并警告他慎勿与此人相见,但高启与友人重逢,难免会有一些礼节性的往来。此时魏观准备改造"苏州府大院",在张士诚故宫旧址上重建。在新苏州府快要竣工之际,魏观倾慕高启的才名,希望他作一篇上梁文。古人非常重视架梁这一建屋重大工序,每到这关键的程序都要写一篇祝文,即上梁文,以作美好的祝愿和吉祥的预示。朱元璋向来不放心苏州这块地儿,便派张度去苏州检查魏观的政绩。自古能人遭忌,被一同派去的蔡本诬告魏观复宫开泾,心有异图。

有道是:不怕没好事,就怕没好人。张度也从中兴风作浪,最终魏观获罪腰斩,高启也受牵连,被腰斩。虽然这篇上梁文没有传世,但像高启这样一个非常机警沉稳的智者来说,他的文章只会对朱元璋进行一番华丽的赞美,定不会有反对的言论。高启被处以如此极刑,大概还有别的原因。高启辞官,或许已引朱元璋不满,高启曾经作《宫女图》一诗,被疑有讥诮朱元璋打败陈友谅,贮藏其姬妾于宫中的嫌疑。此诗这样写道:

宫女图

女奴扶醉踏苍苔,明月西园侍宴回。

小犬隔花空吠影,夜深宫禁有谁来?

不管怎样，朱元璋对本来没有什么好感的高启新仇旧恨一起算。高启作为一介攻击力、防守力为零的文人，怎逃得过"凶狠毒"五星级的朱元璋呢？最终，一代才名卓著的大诗人被腰斩。人的主要器官都在上半身，因此犯人被从腰部砍作两截后，神志还会清醒，过好长一段时间才断气。据说这一酷刑至清代雍正时才被废止。雍正皇帝对俞鸿图实行腰斩，俞鸿图被腰斩后在地上用自己的血连写七个"惨"字，才气绝身亡，雍正听说后，便觉残忍，命令废除这一酷刑。执行腰斩时，将被腰斩之人上半截移到一块桐油板上，会起到止血的效果，这种"积极地治疗"，可使犯人多延续两三个时辰不死，非常残忍。可是高启就在这样的酷刑之下，结束了年轻的生命。对高启的惨死，很多友人都写下了沉痛的挽诗，"吴中四杰"之张羽诗云：

槎史赴台

高台阚江山，梯航辏成阛。
佳丽焕夙昔，而独惨我颜。
游者固云乐，子去不复还。
平生五千卷，宁救此日艰。
天网诅恢恢，康庄遍榛菅。
所恃莫可灭，才名穹壤间。

我们古人也研究星座，在都穆的《南濠诗话》中，韩愈说自己身生摩羯宫。说身生摩羯宫的人，大多在文学上很有建树，但人生经历非常坎坷，有的人甚至不能容于世。高启同样生于摩羯宫。且不说星座准确与否，高启确实文采斐然，命运不济。有人说如果高启能寿终正寝，说不定也能形成自己的创作风格，成为比肩唐宋文人的一代大诗人。

明诗

浙东诗派　情理兼重

　　在浙东,朱元璋得到了刘基和宋濂这两位重要的谋士,这使他如虎添翼,最终统一天下。为什么在浙东就能寻找到如此得力的助手呢? 浙东虽与吴地接近,却是理学之乡,文士们心系时政变迁,拥有济世情怀,他们希望通过自己的诗文,教化民众,干预政治,改造社会。一般说来,朱元璋的开国坦途,武靠刘基,文靠宋濂。而刘基实际上不仅是一位运筹帷幄、决胜千里的军事家,更是一位文学家。《明诗综》称:"明兴立赤帜者二家而已,才情之美,无过季迪,声容之壮,次及伯温。"刘基的诗歌既有感慨社会现实的,如《闻高邮纳款漫成口号》,又有透露自我心迹的,如《上山采蘼芜》。他既继承了浙东文士干预时政、重理重教的情怀,又有重抒写自我情感的一面,是一位非常有个性的诗人。宋濂为明初开国文臣之首,属于专职文人,其诗作虽不多,但对写诗却有独到见解。宋濂认为诗歌不能作无病呻吟,语言要简畅质朴,其儿时作品《兰花篇》已表现出深厚功力。刘基对朱元璋说:"今天下文章,宋濂第一;其次即臣基;又次即孟兼。"朱元璋很赞同这一说法。可以说刘基、宋濂并为一代文宗,是浙东诗人群体的领航人物。

没有百温不厌者　哪有高深学问人

——刘基字伯温的由来

刘　基

明　诗

刘基(1311—1375年),字伯温,浙江文成县人。元、明易代的战乱,既让刘基饱受苦难,也给他带来了施展才华、建立不朽功业的机遇。刘基既有运筹帷幄的才干,辅佐明太祖开国立朝,又有奥博艳绝的文采,为明代诗文吹起洪迈高亮的号角。他还是个谋略家,"皇家天文观测师"。有人甚至将他的韬略与张良、诸葛亮相提并论。

刘家较早的先辈追求武功,到了刘基的前几代,便开始"跨学科",由武转文。所以文韬武略积淀深厚的家庭环境,熏陶着幼年的刘基,使他具有一种浑然天成的文武兼备气质。再加上他聪颖奇迈,勤敏好学,少年之时就颇有才名。有一次,刘基家来了许多客人,刘基此时还年幼,但他像个小大人一样认真聆听大人们的谈话。一位客人指了指小刘基说:"你们看,刘家后脉的面相啊,天庭饱满,将来一定有出息。"刘基父亲听后,很是受用,于是把刘基叫到跟前,当着众位亲友的面,考考小刘基。刘基彬彬有礼地来到父亲面前,面向客人,安然自若。父亲口出"武定邦"三字。小刘基信口答道:"文治国。"父亲又出"成家立业"四字。小刘基不假思索随口答道:"开天辟地。"这可不是事先排练好的,可见这小人有多大的口气,不仅众亲友赞叹不已,连刘基的父亲也震惊了。如此出众的气魄,让人叹服,最重要的是他豪迈的志气,让人不得不给予厚望。

刘基不但聪明而且还很刻苦,刘基的字"伯温"也是有来由的。相传刘基去石门洞读书,初时,见山清水秀,风景如画,他自恃聪慧,沉醉于山水之间,日日玩耍,无心读书。先生拿出《荀子·劝学篇》给刘基,要他读一百遍。刘基只读一

遍,就能背个八九不离十了。再读一遍,就一个字不差了。先生叫他再读,刘基就烦了,认为都会了还读啥呀。先生很生气,就搬出了孔子来教育他。什么"学而时习之,不亦说乎"呀,"人不知而不愠,不亦君子乎"一大箩筐。可淘气的小刘基只管表面应承一下,压根儿没往心里去,老师一会儿没看住,就出去抓蝴蝶、逮蚂蚱。

有一天,刘基去溪边玩,突然传来棒槌敲打衣服的声音,远远地看见溪边堆着很多棉纱,一个瘦弱的姑娘正跟这体积庞大的棉纱"战斗",一刻不停地劳动。刘基想,这么多的纱,要到什么时候才能洗完呢,这姑娘难道不嫌烦?刘基正琢磨着,那姑娘口中飘出美妙动听的诗歌:

> 天下没有浣纱女,人间哪有衣暖身。
> 没有百温不厌者,哪有高深学问人。
> 铁杵磨针为至理,问君攻书可专心?

小刘基听完歌,心中涟漪顿起,脸一阵红一阵白,愧疚之情犹如洪水猛兽吞噬了他。他一阵小跑,回到学馆书房去读书。从此,刘基再也不放松学习,常常通宵达旦,勤奋攻书,作一个"百温不厌者"。

刘基为了警戒鞭策自己,又给自己取名"百温",以示自己千读百温之决心。后人尊敬他,又因他封诚意伯,就把"百"字改成"伯",于是刘伯温比刘基这个名号还广为流传。

(浣纱女)诗

聪颖的头脑加上踏实的态度使刘基很快成名。元至顺年间,刘基就高中进士,两年后,被授为江西高安县的县丞。在高安任上,刘基很有廉洁正直的名声。后来行省举荐他做职官掾史,不久,他就辞职回乡。过了四五年,刘基又到杭州求官,被提拔为江浙行都儒学副提举。由于揭发某御史官员失职,被御史台的官员们横加阻梗,刘基就再次弃官回家。刘基博通经史无书不读,尤其精通象纬之学。四川人赵天泽和刘基交游较深,他品评起江东人物来,首推刘基,认为刘基是和孔明一类的人物,堪称"大神级别"。

浣纱女

忠臣义士同休戚　纵欲寻安总祸机

——刘基《闻高邮纳款漫成口号》

　　我国古代也有海盗,不过是抢自己家的东西,没有什么本事。方国珍就是元代有名的海盗船船长,他们攻掠东南沿海郡县,当地官员无法控制局面。江浙行省又征召刘基为浙东元帅府都事。刘基策划修筑庆元(宁波)等城来抗拒海贼,方国珍的气势受到了遏制。当朝廷派左丞相贴里贴木儿来招谕方国珍时,刘基说方氏是作乱之首,不加惩处,无法达到警戒的效果,贴里贴木儿也非常同意刘基的观点。方国珍怕了,想用巨款贿赂刘基,刘基断然拒绝。方国珍就派人通过海道,赶到京师,行贿上级有关官员。上级官员没能抵御住金钱的诱惑,最终促成了招抚方国珍的决定,给了他官做,却斥责刘基在任上作威作福,把他羁留在绍兴。从此,方氏就更加放肆了。这段羁留生活给刘基带来极大的创伤,他虽受辱,但壮心未泯。这种矛盾的煎熬让他只能通过诗歌来抒发自己内心的苦闷:

闻高邮纳款漫成口号

闻道高邮已撤围,却愁淮甸未全归。

圣朝雅重怀柔策,诸将当知虏掠非。

尧帝封疆元荡荡,世皇功业甚巍巍。

忠臣义士同休戚,纵欲寻安总祸机。

　　这首诗充满了刘基对时政的担心,羁管之累与济世之思,这两颗不同的心同时跳动在刘基的身体里,他如何不苦闷,如何不伤怀呢?

　　不管结果怎样,海盗的事算是告一段落。不多时,处州七县的山贼又开始活动了,这时"人事部"开了一个座谈会,商议剿匪大事由谁出面,他们想来想去又征召刘基去剿捕,跟行省院判石抹宜孙共守处州。御史李国凤巡视江南,上

报了刘基的军功,当权者却由于方国珍的缘故而压制刘基,只授给他处州总管府判的小官,还不让他染指军事。这种卸磨杀驴的做法让刘基非常气愤。上一次因为方国珍而被羁管绍兴,刘基气愤得想自杀;这一次又是因为方国珍,刘基气愤得想杀人。然而这种想法大概只会在梦里上演。不得已,刘基只得弃官回到了故里青田,著《郁离子》来申明自己的观点和志向。不过当时躲避方国珍的人都争相依附刘基,刘基只稍作部署,方氏就不敢嚣张了。

但是经过这一系列的变故,刘基的价值观、世界观、人生观被迫发生了改变,从他的一首诗就可以看出他价值取向的转变:

春　蚕

可笑春蚕独苦辛,为谁成茧却焚身。

不知无用蜘蛛网,网尽蜚虫不畏人。

一说到春蚕,大家马上就想到"春蚕到死丝方尽"这一句歌咏春蚕的名句,这也是比较正统的思想观念,但是刘基却唱了反调,他旧瓶装新酒,认为成茧焚身的春蚕是可笑的,而之所以可笑就在于不知为谁,所以这样的牺牲显得盲目。不知刘基是否也在怀疑自己一直的努力就像春蚕一样。他赞扬的是我们通常感觉无用的蜘蛛。在刘基眼里,蜘蛛有着很优秀的品质,不仅能捕捉害虫,还大胆,不畏惧人。诗中充分张扬出作者的个性,不因别人的态度而改变自己。在社会和个性产生矛盾的情况下,刘基似乎在探索新的人生价值,进行新的选择。

明
诗

落叶辞故枝　不寄别条上

——刘基《上山采蘼芜》

　　很快刘基和元朝的关系走到了尽头。朱元璋攻下金华,平定处州,听到了刘基和宋濂等人的大名,就让人带着礼币来聘请他们。刘基拒绝了。处州总制孙炎再三递信给刘基,威逼利诱,希望刘基能出山。从前文我们已经看出来,刘基是一个有雄心抱负的人,他也不甘隐居乡野,终老一生。此时有这样一个机会,他不是不心动,而是有很多顾虑,其中一个就是对旧王朝的留恋。虽然元朝是外族统治,但是刘基是服务于百姓的,他何尝没有杜甫那样的济世之心,希望达到"安得广厦千万间,大庇天下寒士俱欢颜"的太平盛世。他为这个朝代付出了半生的心血,现在要反过来又要推翻它,于心何忍呢?在此之际,他内心也是矛盾的,有诗云:

上山采蘼芜

上山采蘼芜,山峻路迢递。

下山逢故夫,悲风生罗袂。

忆昔结发时,愿得终百年。

变故不可期,中道相弃捐。

莲实生水中,石榴生路侧。

未尝挂齿牙,中心岂能识。

上山采蘼芜,罗袖生芳菲。

因君赠新人,莫遣秋霜霏。

落叶辞故枝,不寄别条上。

白日无回光,谁能不惆怅。

　　自然中的落叶飘下,都不依附在别的枝头,况且人呢,怎么能随便易主。由诗可见,在一定程度上,忠臣不事二主的传统观念还是羁绊着刘基。再有,刘基

明诗

被派到处州剿灭山贼时曾同石抹宜孙同僚为官，两人意气相投，惺惺相惜。他与石抹宜孙唱酬诗作有百余首，曾结集为《唱和集》。从许多诗词中表明刘基虽目击时艰，然用世之志未衰：

次韵和石抹公春日感怀

下泽潢潦集，幽林光景迟。

羁禽有哀响，槁叶无丰姿。

粱稊不同亩，世事久当遗。

便欲驾扁舟，泛彼湖上漪。

慨怀祈招赋，怆恻感遐思。

流光逐飘风，去若六马驰。

干戈尚杂遝，举目多可悲。

步登西城楼，还望东城陴。

近悼春陵吟，远伤鸿雁诗。

未能已怨怒，矧暇防笑嗤。

赖有贤大夫，直道人不欺。

相期各努力，共济艰难时。

春 日

明诗

　　要怎样深厚的情感才能"共济艰难时"呢！前一刻与挚友酬唱对饮，现在却要为杀友之人出谋划策，刘基心中焦灼不安。但刘基曾深受元朝的腐败之害，现在面前有两条路，要么隐居山林，从此不问世事。其实，这条路早被朱元璋堵死了。不归顺就杀了你，所谓"猛虎在旁，岂能安睡"？还有一条路就是辅佐朱元璋成就一番大业，以施展自己这一身的才华。形势所迫，刘基选择了后者。

清时不乐道干戈　鼯鼠其如虎豹何

——刘基《感兴》

　　刘基韬略似诸葛孔明，为人机智，处事果断，进入朱元璋阵营后，很快成了其智囊团的核心，参与机密要事的谋议，悉心辅佐，运筹帷幄，先后助朱元璋攻张灭陈，为推翻元蒙、建立朱明政权做出了不可磨灭的贡献。古人作战也有诗文相佐，战场上将士们冲锋杀敌，坐镇后方的长官却一派从容淡定，吟诗联对，也是常有的事。攻姑苏时，朱元璋出上联曰："六木森森，杨柳梧桐松柏。"刘基马上答下联道："三水淼淼，滇池渤海浙江。"灭张士诚时朱元璋出上联："天下口、天上口，志在吞吴。"刘基对："人下王、人边王，意图全任。"出战时朱元璋吟道："天作棋盘星作子，何人能下？"刘基豪迈对答："地作琵琶路作弦，那个敢弹？"可见人说"三分天下诸葛亮，一统江山刘伯温"不是妄言。刘伯温之所以能和诸葛亮并称，不仅因为他机智果断，运筹帷幄，他还会观天象，预知未来。当然这里面不排除有神话附会的成分，但是刘基的过人之处，大概就在于他能从已知推演出未知的事。

　　第一件著名的事就是"西湖看云"了。刘基曾与友人游西湖，看到西方有异云翻滚，映射到湖水中，呈现出光怪陆离的景象。此时其他人都在赋诗觞饮，只有刘基不在状态，还说："这是天子气呀，真龙应在金陵。"朋友们听后非常惊骇，以为刘基疯了，敢说这样大逆不道的话，纷纷拂袖而去。尽管此时杭州还处于全盛时期，然而刘基不仅是一个几经起伏的官员，更是一个敏感的诗人。这一双重身份给予了刘基异于他人的敏锐，对这个社会变化的暗流总有些感知。

　　还有一次是发生在战场上，太祖亲征陈友谅，大战于彭蠡湖。军师刘伯温和朱元璋在同一条船上观战。刘伯温神色突变，跳起来呼喊："难星要来了，赶快换到另一艘船上去。"太祖虽有怀疑，但还是听从了刘基的话，更换了船只。刚刚坐定，原来的船已经被敌炮击为灰烬。看起来刘基可谓洞识天意，预知未来。也许在观战的过程中，经验丰富的刘基已经看出了战事的发展方向，那样的反应大概和灵异的感应没多大关系。

　　而有一次刘基为民求雨,却把朱元璋给惹恼了。因为料事如神的刘基并没有呼风唤雨的本事。洪武元年(1368年),气候异常,大旱。八月,朱元璋要求官员想办法解决干旱问题。刘基上奏:"士兵战死,他们的妻子都被关在营房里,将近万人,阴气郁结呀;工匠的尸

海　战

体暴露在广场上,没有埋葬。上天因此而降罪,不下甘霖呀。"在古代农业是国家兴旺发达的经济根本,在那个靠天吃饭的时代,人人都相信天上有主管下雨的神仙,要不那风雨雷电从哪来。所以刘基的建议被朱元璋采纳了,但是等了很久还是没有下雨。这一次刘基可惹怒了他的圣主。前面的功业都不提,这次算是结下了梁子,两人的关系从此有了裂缝。其实刘基是个聪明人,他也许相信在人间积德可以感化上天,但在当时,他大概更想借此机会帮助那些可怜的女子和曝尸荒野的工匠。但是在朱元璋看来,这简直是耍着他玩。

　　从上面几个故事我们可以看出刘基是一个忠于君主,热爱百姓的君子。所以,刘基虽然一直在等待施展才华的机会,但他并不是一个战争"发烧友"。他从内心是不希望有战争的。他并不享受打败敌军的快乐,他更多看到的是铁蹄下不能保全的老百姓,所以他的诗中多有对战乱的忧患:

明诗

感兴七首(其二)

清时不乐道干戈,鼫鼠其如虎豹何。

淮海风云连鼓角,湖山花木怨笙歌。

紫微画省青烟入,细柳空营白骨多。

惆怅无人奏丹宸,侧身长望涕滂沱。

　　刘基有着很强的社会责任感,面对社会动荡、人民流离失所、生灵涂炭的景象,他诗歌形成了悲怆沉雄的风格。其实刘基诗作风格非常丰富,有抒写一己幽情的,有描写奇崛险怪的,有呈现质朴自然的,不一而足。

赠诗虽不多　芳意同兰薰

——刘基《送张孟兼之山西按察司金事任》

　　刘基和宋濂是很好的朋友,同时亦是朱元璋的左膀右臂,这种友谊非常少见。一般情况下,宠臣都有排斥心理,会产生为争宠而互相倾轧的局面,何况两人的性格迥异。下面的一个故事可以看出他们性格的不同:

　　朱元璋因某事罢了李善长的宰相职位,想让杨宪来代替李善长。杨宪和刘基是好朋友,此时本应该说几句好话的刘基却极力说不可以,他说:"杨宪有宰相的才能,却无宰相的度量。合格的宰相,应该是持心如水,用义理权衡,而不掺杂半点主观色彩,杨宪在这方面简直烂得不行。"皇帝又问汪广洋这个人如何,刘基说:"哎哟,这个人还不如杨宪呢。"又问胡惟庸怎样,刘基回答说:"这个人行事无底线,不晓得冲动是魔鬼,如果让他赶一辆马车,最终结果就是翻车,哪敢让他驾驭一国事务。"朱元璋心里盘算了,这个也不行,那个也不行,是不是就你行? 于是朱元璋说:"哎! 我的这些宰相人选,实在没有一个能超过你的才干呀,要不你来试试?"刘基说:"不行,不行。我有性格缺陷呀,我疾恶如仇,又不耐烦繁杂事务,做了宰相就是辜负您的恩典呀。如今天下一统,最不缺的就是人才。希望英明的皇上去尽心访寻吧! 前面提到的那几个人,当然也包括我,都不合适。"朱元璋很纳闷,没办法,一个一个试试吧,他还不信了,自己眼光真有这么差。但事实说明,朱元璋的眼光确实很差,这些人选中,实没一个可以担当此重任的。

　　同样是问询官员的才能,看看宋濂是怎么回答的。有一天太祖问宋濂:"朝廷大臣们的为人都怎么样啊?"宋濂回答说:"甲为人亲厚,乙高风亮节,丙鞠躬尽瘁……"总之都拣好的说。要不怎么说朱元璋难伺候呢,刘基说不好的,他不乐意;宋濂说好的,他也不高兴。这不,龙颜不悦了,说:"你说都好,是敷衍我,还是不敢说真话呀?"宋濂很惶恐,因为他心里就是这么想的,于是赶紧说:"我只跟好的大臣交往,所以不知道不好的大臣是什么样子的。老臣不敢欺君,所

以不能信口开河。"

从以上两个故事我们可以看出:刘基说话虽正中要害,但是容易伤人,也容易得罪人;宋濂性格温和谨慎,不说一句假话,也不讥诮任何一个人的短处,荣辱不惊,始终无异。但是这样两个性格迥异的人却有着深厚的友谊,大概是因为他们都有看透人间事的本领和淳朴善良的心吧。

他们有一个共同好友叫张孟兼(1338—1377年),名丁,以字行,浦江县宋溪平安(今平安张)人。明洪武初年,被征为国子监学录,参与编修《元史》。朱元璋曾经问刘基:"这天下谁写的文章最好?"刘基说:"当然是宋濂第一。不谦虚地说,我是第二,第三就是张孟兼了。"

张孟兼是一个很特别的人,他甚至会为物鸣不平。明代时的国子监(古代最高学府)有两所,其中一个在南京。孟兼曾在那里担任过"副校长"。学校旁边有一眼泉,叫玉兔泉。这眼泉有着清纯的名字,但出身却不好。此泉是中国第一奸臣秦桧开凿的。想当年,秦桧只是夫子庙的一个学生,在这里读书时看见一只白兔,突然遁地不见了,秦桧觉得很奇

玉兔泉

怪,便让人在那个地方挖掘,没想到,刚挖了一丈,就有清澈甘甜的泉水涌上来。后来秦桧考上了状元,觉得那泉一定是吉祥之物。于是专门回来把白兔泉修葺了一番,并亲自题写"白兔泉"。张孟兼来到这里之后绕着泉看了又看,总觉得惋惜,这么好的泉怎么就跟秦桧沾上边了呢?他心里实在不是滋味,于是他作《玉兔泉铭》,为泉洗辱。刘基听后作《后玉兔泉铭》来应和好友的做法,后来宋濂和孟兼的一群好友也就玉兔泉联句作诗。

张孟兼要到山西做官,临行时刘基给他写了一首送别诗:

送张孟兼之山西按察司佥事任

平明集冠盖,祖帐清江濆。

天县赫曦日,山涌崔嵬云。

大舶发中流,碧水龙鳞纹。

宿雨霁初伏,川原无垢氛。

修杨蓊深绿,禾黍气如馈。

芦荻响微风,鹳鹤鸣相闻。

市酒虽云薄,情至心自醺。

赠诗虽不多,芳意同兰薰。

丈夫树远业,儿女徒纷纷。

农夫务去草,稊稗职所耘。

苍鹰司鸷击,枭鸾慎其分。

利剑断犀兕,不数雀与鼢。

筹边有庙算,樽俎茂奇勋。

巍巍太行山,苍翠浮絪缊。

万古戒华戎,峻极通天文。

老罴当道卧,气慑狼虎群。

引领望征斾,迢迢隔河汾。

尝平跃前烈,定远扬后芬。

制胜在两楹,岂必疲三军。

功成早归来,华衮昭玄纁。

宋濂也写了一篇《送部使者张君之官山西宪府序》赠给孟兼:

孟兼行哉!虽然鸷鸟之扬扬,不如威凤之雝雝;狻猊之彊彊,不如祥麟之容容;刑法之堂堂,不如德化之雍雍。人不务德则已,苟有德焉,又何憸壬之不革行哉!憸壬革行正气之,复正道之,行也孟兼……

两人对孟兼除了赞扬鼓励,其实也包含着告诫,因为孟兼为官过于刚正廉明,比刘基还疾恶如仇,惩治奸吏,决不宽贷。这种铁腕人物有魄力,很受朝廷的喜欢,他很快升为山东按察司副使。但是这种做法必然会得罪权贵,孟兼因指责山东布政使吴印违制,反被所诬,明太祖下诏书押京论罪,处死了孟兼。

人常说朱元璋得刘基就好比刘邦得张良。其实刘基在第一次见朱元璋的时候就将自己与张良做比。朱元璋问刘基:"你会写诗吗?"刘基说:"这是读书人要掌握的最基本的本领,怎么可能不会呢?"当时朱元璋正在吃饭,让他以斑竹筷子为题作诗一首。刘基马上回道:"一对湘江玉并看,二妃曾洒泪痕斑。"朱元璋听了皱了皱眉,说:"很一般嘛,充其量就是秀才水平。"刘基紧接着吟道:"汉朝四百年天下,尽在张良一借间。"张良就曾在刘邦吃饭时借筷子为刘邦比画,出谋划策。刘基运用这个典故,赢得了朱元璋的肯定。

　　刘基不仅军功显赫,文学作品还能流传于世,这在历史上是很少见的。刘基的诗文气奇声壮,还带着淡淡的孤独气息,为明代文学开道。他曾感慨:"幽兰生在空山里,纵有清香又奈何?"但是他不知道,他传世的诗文使那幽兰的香气飘洒了几百年。你是否也闻到了些许清香?

明 诗

愿结美人佩　把玩日忘餐

——宋濂《兰花篇》

宋　濂

明
诗

宋濂，字景濂，生于元武宗至大三年（1310年），浦江（今浙江省浦江县）人。宋濂被称为明朝"开国文臣之首"。朱元璋打天下，运筹帷幄刘基不可少；夺取政权之后，巩固政权，恢复生产，一扫元末兵荒马乱、山河破碎的阴霾，开辟振兴华夏新气象，建国能臣宋濂不可缺。朱元璋第一次与宋濂会面时，宋濂已经有五十多岁了。宋濂出身寒微，他的祖父是个小商贩，父亲为人勤奋亲和，在乡里某部门谋有一职，但是工资非常微薄。所以宋濂的少年时代生活并不很富裕。宋濂曾为他的母亲写过一篇墓表，其中描写了在他少年时，母亲白天做家务，晚上还要点煤油灯为子女缝补衣物，时间久了，蚊帐都被熏黑了。可见他家境的贫寒，他母亲的辛劳。

除了这篇墓表以外，宋濂还写了一篇著名的少年励志文章：《送东阳马生序》。此文写了他少年艰辛的求学之路。少年宋濂的好学程度仅次于头悬梁锥刺股。在古代，刊刻图书很不发达，虽然到了宋代印刷术已经流行，但是刊印书籍的成本还是很高，不像现在普通家庭也可以买得起图书。宋濂知道家里买不起图书，于是想方设法向有书的人家借。因为书籍比较贵重，在当时借书有时比借钱还难。所以为了再借不难，宋濂将借来的书日夜抄录，即使是在严寒刺骨的大冷天，砚水结成了冰，手指冻得皲裂僵硬，还是在规定的日子准时归还。其诚信度极高，所以藏书家愿意借给他。

名师的指点对一个人的成才至关重要，然而二十岁的宋濂却处于自我修炼、无人指点的状态。于是他跑到百里之外拜师。名师跟前贵族子弟多，像宋濂这样出身的，一般不大被名师瞧得上眼。但宋濂求学十分谦虚，坚持侍立在老师左右，插空提个问题，低着头，侧着耳，等待老师的讲解，十分恭敬。要是老师不耐烦训斥他一顿，他就像犯了错误一样，鞠着躬，没有一句反驳。等到老师高兴了，他再问问题。在这其中，宋濂不仅学到了很多东西，还练就了察言观色、忍耐谦逊的好品质。这一品质在后来侍奉朱元璋的时候派上了大用场。

当时的富家子弟上学的排场在《红楼梦》里就有：肥马轻裘，衣着光鲜，宝剑、环佩、香囊俱全，读书写字都有书童伴随。吃喝穿戴，保暖祛暑，都有一众仆人贴身伺候着。再看宋濂，身上穿着一件破棉布袍，独自一人背着行李、书箱，徒步翻山越岭。寒冬的风穿透薄薄的棉衣，和他的肌骨进行亲密接触，等走到学校，手脚僵硬得无法动弹。幸好佣工给他碗热汤，再让他在暖和的被子里睡下，这才重新恢复了知觉。平日里能填饱肚子就不错了，万万不敢想鲜鱼肥肉在口。但是他在英俊非凡、气宇轩昂、宛若神人一样的富家子弟中间，脊梁还能挺得直直，没有丝毫的羡慕。因为他知道，将那些华丽的外表剥离之后，他的灵魂并不低贱，虽然现实很骨感，但他的精神家园和知识才学却很丰满。对于最渴望知识的宋濂，在这里已经获得了巨大的满足，而其他都远没有知识来得甘甜。在宋濂求学路上他拜会了很多名师，如深究七经注疏、悉通奥旨的闻人梦吉，博古通今、官至元翰林侍讲学的黄溍，还有人称丹谿先生、朱熹的四传弟子朱震亨。

在宋濂博采众长、辛勤努力之下，他的思想融汇了儒释道三家，坚持文以载道、作文养气的主张，对明初文化政策的制定起到了重要的作用。虽说宋濂主要是在文章方面有较大成就，但古代的文学家首先就是一个诗人，宋濂被称为"天才儿童"的成名作就是诗，其中一篇五言古诗《兰花篇》是他九岁的作品：

明诗

兰 花

兰花篇

阳和煦九畹，晴芬溢青兰。

潜姿发玄麝，幽葩凝紫檀。

绿萝托芳邻，白谷把高寒。

玄圣未成调，湘累久长叹。

绿葹虽外蔽，贞洁终能完。

岂知生平心，卒获君子观。

杂以青瑶芝，承以白玉盘。

灵风晓方荐，清露夜初溥。

此时不见知，骈罗混荒菅。

春风桃杏华，烂若霞绮攒。

徒媚夸毗子，千金买歌欢。

弃之不彼即，要使中心安。

愿结美人佩，把玩日忘餐。

他对诗的要求是"忠信近道之至，优柔不返之思"（《清啸后稿序》），就是诗歌亦应有所为而作，反对无病呻吟。这和他的作文思想相应和。而且他的诗以长篇居多，其中最有特色的是《义侠歌》。这是一篇五言长诗，他以宋代洪迈的小说《夷坚志》中的一篇《侠妇人》为蓝本，描写北宋末年宋朝官员董国度陷于金朝，躲避在农村，居所主人为他买了一个妾，这个女子聪颖贤惠，帮助董国度返回老家的故事。此诗很长，其中一小部分为：

　　吾闻古义侠，史册每足征。受恩能尽死，义重身则轻。未必识书传，文华耀晶荧。卿为名进士，岂不读圣经。奈何负恩义，犬豕羞为朋。追述义侠歌，读者当服膺。

《义侠歌》是一首叙事长诗，语言平实易懂，内容形象生动。他说自己是仿效白居易的作诗风格，以期达到街巷的老妇人都能看懂的效果。宋濂以文入诗，在增强诗歌的叙事功能的同时，又以诗歌这种精炼浓缩的表现形式，使一段曲折离奇的故事能以最简短的语言，表达最丰富的内容。这也正是宋濂作诗的独特之处。

　　实际上,所有文人对文学的表白就是他的文学理想,但是在具体操作的时候,他的审美理想和创作现实总会有一些差异,宋濂也一样,他有时候也想浪漫一下:

蒾珠岩

吟上蒾珠岩,诗成不敢写。

疑有绿毛仙,洗髓梅花下。

　　这首小诗跟前面的几首相比,从形式和内容上都非常不同,大概是因为宋濂在仙华山上当过道士的缘故吧,这里面似乎富含着一些仙趣呢。诗序说作者在蒾珠岩上有感而发,赋诗一首,可是又后悔了,想蒾珠岩是仙石,会不会有修炼很久不食烟火的绿毛仙正在梅花下洗髓脱胎呢?兴许是怕惊了仙人的修炼,或许是怕自己的拙作被仙人笑话,所以才会出现有诗不敢写的状况吧。

明

诗

愿持归家遗子孙　百岁相传同此心

——朱元璋赋辞赠宋濂

　　宋濂在朝廷做官的时候与朱元璋的关系非常融洽。宋濂对于朱元璋的知遇之恩一直心怀感激，总觉得无以为报，所以一直尽心辅佐，不敢有丝毫差池。而朱元璋把宋濂奉为自己的老师，不仅因为钦佩宋濂的才能，更重要的是宋濂在开国之初提出了很多利国利民的策略，所以朱元璋也必然会优待这个得力的参谋。朱元璋对这个尽心尽力的老臣一直比较放心，不过人心隔肚皮，谁说老实的宋濂不会耍一把京剧的变脸呢？于是朱元璋心里开始盘算怎么试探一下宋濂的忠心。如果太大张旗鼓吧，宋濂是个聪明人，一旦被发现，试探真假的效果就达不到了。于是朱元璋只派了个密探到宋濂与客人的宴会上。第二天上朝，重要的事情议完之后，朱元璋开始营造悠闲的气氛，和大臣们拉拉家常，他顺口问道："宋濂，听说你昨天宴请客人，你喝没喝酒呀？都是些什么客人，用什么饭菜招待的？"也不知宋濂确实是个实诚人，还是他早就参透了朱元璋的秉性，竟然把问了的、没问的都说了个清楚。朱元璋一听，跟密探报告的没有一点出入，非常满意地说："啊，确实如此，你没有欺骗我。"这之后朱元璋更加信任宋濂了，两人的感情迅速升温。

　　古代臣为君献诗，以讴歌帝王的旷世丰功，犹如天上星辰。但皇帝给大臣赐诗却是凤毛麟角。朱元璋对宋濂的盛宠达到极致，便是为他作诗。虽然朱元璋出身草莽，幼时乞讨，青年啸聚山林，还当过和尚，没什么文化，但他这个人反应快、思维敏捷，在众多文臣的帮助下也会写几首小诗，作几篇文章。在那个时代，没文化也很可怕，做一个没文化的皇帝就更可怕了。所以朱元璋在学习方面自然也下了一番功夫。这不，在一个酒宴上朱元璋就给他的老师宋濂交了一份满意的答卷。　君臣宴饮，朱元璋倍加关注宋濂，总向他劝酒，宋濂不敢推辞，但也仅仅小酌几口。朱元璋问："爱卿怎么不喝酒呢？"宋濂恭敬地答道："臣老了，不胜酒力，恐饮酒过度，行为不端，有失体面。"朱元璋乐了，想这老儿原是酒

品不好，怕出洋相，便愈加劝宋濂饮酒。宋濂不好推辞便饮了几杯，到第三杯时便面若桃花，步行不稳，一扫老臣的庄重，尽显老顽童的憨态。朱元璋看了更是心情愉悦，开怀大笑，对众臣说："朕与你们就应老学士的景，以'醉学士歌'为题赋诗一首。"朱元璋金口一开，赋《楚辞》一章曰：

> 西风飒飒兮金张，特会儒臣兮举觞。
> 目苍柳兮袅娜，阅澄江兮水洋洋。为期悦
> 而再酌，弄清波兮承光。玉海盈而馨透，
> 冷琼罕兮银浆。宋生微饮兮早醉，忽周旋
> 兮步骤跄跄。美秋景兮共乐，但有益于彼
> 兮何伤。

君臣图

据说此辞一处，宋濂顿时酒醒，受宠若惊，连声谢恩。后来宋濂知道自己年纪大了，到了告老还乡的时候了。朱元璋没有过多挽留，也没有什么不悦，临别时依依不舍，写诗送别："白下开樽话别离，知君此后迹应稀。"朱元璋感慨以后不能与宋濂频繁相聚了。宋濂回答说："臣身愿作衡阳雁，一度秋风一度归。"我们可以想见君臣双手互握，红着眼圈依依惜别的感人场景。但是了解朱元璋的人知道，他的演技是影帝级别的，没有人知道他什么时候流露出的是真感情。朱元璋并没有放弃对归乡之后宋濂的关注。一天他特意把宋慎找来问话："你祖父回去都跟什么人来往呀？"宋慎回答说："祖父年纪大了，只是会会亲朋，其他人一概不见。"朱元璋又问："他还教育得了儿孙，打理得了家庭财政吗？"宋慎先向朱元璋行了个大礼，然后回答说："祖父很感谢您的关爱，没有您，就没有今天富足闲适的生活，您说的事祖父都在做。""哦，很好，不知有没有什么其他的爱好呢？"宋慎回答说："就是建了一座小屋，修身养性，另外还了解一下国家的治理情况。"朱元璋非常满意宋慎的回答，对宋濂归家的行为也进行了考察，还赠宋濂一首诗：

翰林承旨宋濂归休诗

闻卿归去乐天然，静轩应当仿老禅。

不语久之知贯道，以心详着觉还便。

从前事业功尤著，向后文章迹必传。

千古仲尼名不息，休官终老尔惟全。

　　朱元璋对老实又聪明的宋濂非常满意。我们，甚至宋濂自己都觉得终于可以善始善终，功成名就了。可宋濂确实高兴得太早了，之后的事证明伺候朱元璋的人想获得善终实在太难。宋濂真是站得高，跌得惨。洪武十三年冬（1380年），宋慎因胡惟庸案牵连入狱，一家人遭株连。宋濂自然也不免一死。宋濂曾做了太子十多年的老师，太子很敬重他。听到这一噩耗，便向朱元璋求情，马皇后也极力救援，说："宋濂归乡养老，肯定不知道这件事，就看在他尽心辅佐的份上饶过他吧。"当年与宋濂依依惜别的朱元璋好像失忆了一样，不为所动。马皇后很伤心，在伺候朱元璋用膳的时候不吃酒，也不沾荤腥。朱元璋问她怎么了，马皇后悲切地说："我在为宋先生作福事呢。"此时太子也以投河自尽死谏。朱元璋不得已才赦免了宋濂的死罪。马皇后与太子实不忍心一个耄耋老人死于朝廷的斩刀之下，但他们知道若自己不出手援救，自己独活将有多么痛苦、将有多么耻辱和孤独。宋濂终其一生辅佐皇帝大业，到头来全家被诛，不知那白髭苍苍的老人当时心中是怎样的凄苦，又是在什么样的心态下步向生命的终点呢？当宋濂与孙子宋慎被捕入狱的时候，宋慎悲愤地说："爷爷读书万卷，却是今天这样的下场！"宋濂说："你错了。正是因为我读的书太少，没有参透人生，才不懂得明哲保身的道理呀。"

明

诗

台阁纯雅　复古渐开

　　明代发展到永乐年间,政治渐趋稳定,经济也摆脱了混战时的破碎,整个国家都迎来了平和昌盛的新局面。为了进一步发扬各阶层的进步精神,自然需要一些鼓励的声音,需要歌颂美好的生活,需要赞美带来这种生活的英明国君。于是内容纯雅和畅,型制优美脱俗的台阁体诗文就应运而生了。看杨荣的"彩云飘凤阙,瑞霭绕龙旗"(《元夕赐观灯》),所展现的皇家气象多么华美。所谓有需要就有出现,有出现就有质疑。台阁体的出现受到了很多人的抨击,认为这派诗歌都是些歌功颂德的陈词滥调,一点都没有正视惨淡人生的勇气,没有剖析、批判社会现实的精神。其中与"三杨"同样具有高官身份的李东阳就对台阁体颇有微词,并提出了"轶宋窥唐"的复古求实主张,并且受到追捧,成为名极一时的"茶陵诗派"领袖,而其《九日渡江》等诗作,正是其习古的有益尝试。但是李东阳的复古思想并未成熟,台阁派的作品也并非全无真情实感,且看杨士奇的《刘伯川席上作》,杨溥的《遣子归里》等作品,都表达了作者的真情。下面还是让我们对这一阶段的诗作得出自己的判断吧。

明诗

不嫌寒气侵入骨　贪看梅花过野桥

——杨士奇《刘伯川席上作》

在明初几位皇帝大开杀戒的时候,官员及名士人人自危,但是有三个人却是四朝元老,神奇地得到善终。他们是明代馆阁重臣杨荣、杨士奇和杨溥,他们均历事永乐、洪熙、宣德、正统四代皇帝。他们是台阁诗派的舵主,是皇帝身边的红人,经历很多艰险,都化险为夷。三人的关系也很微妙,有时候会讲一下对方的坏话,有时候又尽力挽救对方的生命。在诗歌方面都被后人批判,说他们的诗文雍容华贵,只讲太平盛世,粉饰虚假,没有体现文人的性情本色。这也许和他们所处的地位和环境有莫大的关系。不过也许正因为这样,他们的脑袋在脖子上停留的时间才比较长吧。

杨士奇

明诗

杨士奇,名寓,泰和人。他的父亲死得早,母亲改嫁到罗家。母亲改嫁时杨士奇已经不再是不谙世事的小孩子了,所以他一直知道他是杨家后人。但是随母到继父家后,就从了继父的姓。罗家人自然不会看中一个外人,但是杨士奇做了一件事,让他的继父对他大为称赞。古人的孝道不仅讲究孝敬活着的父母,对早已入土的祖先也要恭敬有加。凡是家境还算好的大户都要定期祭祖。这一天罗家都在忙碌祭祖的事情,杨士奇就更加悲伤了,他知道父亲的牌位是不可能供奉在罗家的桌台上的,可是他心中最想拜祭的却只是自己的生父。于是他悄悄走开,自己做了一个神牌,仿造大人的样子,行跪拜之礼。这一幕恰巧被他的继父看在眼里。第二天,他的继父对杨士奇说:"你不必再跟着我姓罗了,你可以保持你原来的姓氏,你不是一个普通的孩子,将来会大

有作为。"

杨士奇十四五岁的时候,他和好友陈孟洁一起去拜访刘伯川。刘伯川好好招待了两位小青年,吃过饭就带着他们出门看风景。此时正值寒冬,刚刚一场大雪过去,满眼都是银装素裹、分外妖娆的景色。刘伯川让两位青年才俊就此景赋诗一首,表达对生活的憧憬,谈谈远大的理想。陈孟洁寻思了一会儿就吟到:

> 十年勤苦事鸡窗,有志青云白玉堂。
> 会待春风杨柳陌,红楼争看绿衣郎。

刘伯川听完就笑了,想这小子够风流,十年寒窗苦读就是为了博得红楼众女子一笑。过了一会儿,杨士奇的诗也成了:

刘伯川席上作

> 飞雪初停酒未消,溪山深处踏琼瑶。
> 不嫌寒气侵入骨,贪看梅花过野桥。

杨士奇的这首诗有很强的画面感,读后可以想象:三个穿着古装的男子,带着微微的酒醉,在琼瑶玉雪中漫步。虽然寒气慢慢侵入骨髓,但那沁人心脾的梅花香气还是那么值得寻觅。表面看起来这是一首应情应景的小诗,但是其中却蕴含着杨士奇的大志。诗中不正是在讲杨士奇在苦寒的人生道路上,寻找追逐自己美好的理想吗?而且杨士奇的表达是那么隐晦、谦卑,以至于他的刘伯伯费了一番脑筋才咀嚼出诗中真正的蕴味。刘伯川鼓励他说:"年轻人,虽然现在艰苦了些,但是有这样的大志向,将来一定会有大作为的!"再想想陈孟洁的诗,他的梦想也是很华丽很丰满的。他说自己十年寒窗默默苦读,就是为了有一天能金榜题名,然后穿得帅帅的,骑一匹同样帅气的高头大马,慢慢晃荡在京城的街头,看着满城的名媛淑女都为了他而疯狂,向他挥着各色的手绢儿。其实在这个时候,杨士奇的诗还是出于他的真情实感,也就是他的创作仍以个体为本位。大概是因为后来身居高位,文风才有所改变,国家意识才渗透在诗作之中。

明 诗

　　杨士奇学识很高,性格严谨宽容,他的仕途是通过举荐得来的,即不用参加科举考试,而是由官员把他介绍给皇帝。而"三杨"中杨荣和杨溥都是进士出身。他们在工作闲暇之余,经常赋诗绘画来消遣时间。有一次他们三人分别以松、竹、梅为题各做一首诗。杨荣和杨溥写完后都落款为进士某人。杨士奇看见了心里很不舒服,自己虽不是进士,但在才华上并不逊色,于是奋笔题道:"竹君子,松大夫,梅花何独无称呼。回头试问松与竹。也有调羹手段无?"杨荣和杨溥看后,不好意思地笑了,以后两人再也没用出身来为难杨士奇。

明

诗

双鬟短袖惭人见　背立船头自采菱

——杨士奇《发淮安》

　　杨士奇为人很谨慎,而且大度。杨荣这个人总在皇帝面前拍须杨士奇,不过皇帝的反应也不正常,从来都不生气,就是不搭理杨荣,也不责怪杨士奇。杨士奇就更不正常了,他大概也是知道这些事的,但是当皇帝问他对杨荣私藏小金库、损公肥私的看法时,他

背立船头自采菱

说:"杨荣很通晓边疆的军事,他这方面的才能谁也不能比,皇上您千万不要因为一些小事苛责他。"可见杨士奇将个人恩怨看得很淡,在他心里国事更重要。还好杨荣很知好歹,听说这件事后也很惭愧,之后两人的关系就没得说了。他俩开始了和谐友好地伺候"工作狂人"朱棣的生活。杨士奇俨然是一个纵容小弟的好哥哥,杨荣似乎也很配合地出演了一把浪子回头金不换的小弟。

　　明代的政权越来越稳固,杨士奇的官也越做越大,诗也越写越优雅。

明诗

发淮安

岸蓼疏红水荇青,茨菰花白小如萍。

双鬟短袖惭人见,背立船头自采菱。

　　这首诗写得很美,比如色彩上,蓼草的红、荇菜的青、茨菰花的白,再加上一位羞涩的美女。这女子一直是背对着诗人的,同时也背对着我们读者,这让我们对她的样貌生发出各种美好的想象。这首诗与前面写的一首非常不同,很富有情趣,甚至是闲趣。诗歌反映了人民生活的美好,也反映了诗人生活的悠闲、心境的平和。连一直不看好台阁体的王世贞都说杨士奇这首诗还算得体。

君恩追忆不胜哀　老泪干枯病骨摧

——杨士奇《宣德丙午谒二陵》

雅致美好的基调慢慢形成台阁体文风。台阁派被后世攻击为御用文人的集体，所创作的诗歌都是些歌颂太平、夸赞皇上威武开明的虚伪言论。真实情况还是需要大家再斟酌的。杨士奇怀念朱高炽的诗是这样写的：

宣德丙午谒二陵（二首）

其　一

去年侍从谒长陵，此日重来恸倍增。

春柳春花浑似昔，献陵陵树复层层。

其二

君恩追忆不胜哀，老泪干枯病骨摧。

陵下一来肠一断，余生知复几回来。

有一天，杨士奇走进了皇家陵墓。他来这里做什么呢？只见杨士奇在朱高炽墓前痛哭了一场。回去之后还是无法释怀，于是写下两首诗：去年的时候我来拜谒过先皇，今天我又来了，内心更加悲痛无比。花呀，柳呀和去年没有什么不同，只是陵前的树更茂盛了。您对我的恩情我无以为报，可我这把老骨头也不行了，看您一次就肠断一次，只是不知道我还能来看您几次。

其实这两首诗反映了杨士奇的真实心境，并非完全是阿谀奉承之辞。朱高炽早已经入土，没有讨好的必要，要是杨士奇写给现在的皇帝看，大可以光明正大地夸赞当朝皇帝，也许会起到更直接的效果。杨士奇和朱高炽的情感是很特殊的。因为朱高炽之所以能当上皇帝不得不说是杨士奇出了一把大力气。当时虽然朱高炽是太子，但是他的体型过于富态，脚还有些跛，远没有次子朱高煦长得英俊帅气,但是朱高炽宅心仁厚,敦厚老实,一直受到杨士奇等人的支持。当朱高炽终于稳坐皇位时,他召集杨士奇和蹇义,回顾这一天到来的艰险过程,三人竟抱成一团痛哭不止。这个性情温和的国君与忠心耿耿的臣子之间也许是有着非常纯粹的感情。加之后来"三杨"的地位一天天衰落,杨士奇看到先皇的坟墓难免会肝肠寸断。虽然他们在官场上一直都享有盛宠,但是身在其中的杨士奇知道伴君如伴虎,天天都是走在刀刃上,一个不小心就老命不保,也许只有在先皇的陵墓前才能肆无忌惮地痛哭一场吧。

明 诗

犹想胜缘如夙昔　并骑黄鹤过江东

——杨士奇梦诗

　　杨士奇在晚年时也盼望着过闲云野鹤的生活。他有一个好友叫胡广,胡广在世的时候曾经对杨士奇说过:"我们两个人都快老了,等我们告老还乡,就买条小船,让仆人载着我们游览山水。船上备上笔、书、棋、酒,一有时间我们就出游。我们两个老家伙要是能过上这样的生活该多好呀。"可惜两人的愿望没有实现,胡广先一步离开了人世。杨士奇非常思念友人,甚至还梦见与胡广一同泛舟游玩,就像好友生前描述的那样惬意欢快,两个人还写诗唱和。杨士奇笑着醒来,却发现是一场梦。他的笑僵在脸上,转而哀叹泪流,此时回忆起梦中两人唱和的是一首七律,只是第六、七句却怎么也想不起来,他慌忙补足,写下了梦中的诗:

> 金螺潇洒对夫容,鹭渚渔洲窈窕通。
>
> 远树白云秋色净,故人清兴酒尊同。
>
> 河山梦冷讴吟后,生死交深感慨中。
>
> 犹想胜缘如夙昔,并骑黄鹤过江东。

　　日有所思,夜有所梦。从梦中可以看出杨士奇对友人的惦念和对自由闲适生活的向往。

恋阙缞袍在　怀人尺素遥
——杨荣《江西旅怀》

杨　荣

杨荣（1371—1440年），字勉仁，建安（福建建瓯）人，时人称"东杨"。从前面叙述我们已经知道，杨荣这个人不太好相处，心胸有点狭窄。但是他的谋略了得，尤其擅长谋划边防事务。据说杨荣降生的时候哭得很有士气，他的爷爷听到后赞叹："哭得够雄壮，将来一定能让家业显赫呀。"

杨荣是通过科考走上仕途的。年轻时思维活跃、聪敏机智，与朱棣一样热心征战。由于坚决支持朱棣迁都，所以在朝中混得如鱼得水。其实他不仅在军事上少有人能及，诗文也写得不错。比如这首：

江西旅怀

客梦家千里，乡心柳万条。

片云遮海峤，一雨送江潮。

恋阙缞袍在，怀人尺素遥。

春光看又晚，何处灞陵桥。

这是一首思乡诗，由于杨荣是军事上的人才，所以他经常被外派。当他独自一人在江西的时候，心里很思念家乡。这首诗也算是表达了真情实感，很质朴。可是当作诗的素材和场合由私密的情感和独处的空间转变为要为国家意识服务时，诗味自然就不同了。

元宵节是中国古老的节日。在古代，皇帝和妃子们在元宵佳节也要观灯，宫中就请一些能工巧匠做花灯，晚上灯火璀璨，亮如白昼。这些灯倒是比民间的精致很多,但那节日的气氛,自由的环境,肆无忌惮叫卖的小贩,都是不可以从民间复制过来的。这一天,皇帝赏赐杨荣,让他晚上来宫里观看奢华的皇家元宵灯会。听上去好像是去玩儿,实际上也是一种变相的公务应酬。最主要的是观灯完毕仅仅说一句:"老臣十分感激皇上您给我的这次机会,老臣真是荣幸啊",未免有些干涩空洞了,于是就要写了几首诗,来夸赞皇上的英明神武,国家的昌盛太平。杨荣一口气写了三首,先录其一:

元夕赐观灯(其一)

海宇升平日,元宵令节时。

彩云飘凤阙,瑞霭绕龙旗。

歌管春声动,星河夜色迟。

万方同燕喜,千载际昌期。

元宵灯节

　　杨荣的三首赏灯诗大同小异,都是描绘一下花灯长什么样子,最后赞叹海内升平,太平乐事。这也是让后人诟病的典范。这种没有营养的诗不是发自诗人的内心。因为诗人的身份是台阁大臣,是国家的代表,所以他这种主修做官、副修作诗的诗人自然不能畅所欲言了。

菜根有味休嫌淡　茅屋无书可借观

——杨溥《遣子归里》

　　杨溥（1372—1446年），字弘济，号南杨，谥文定，湖广石首（今属湖北）人。杨溥小的时候就很聪明机智。有一天官府来人下达徭役传票，他看到上面有个错别字，就去询问县官。县官看了看这小人儿，觉得很有趣，说："四口同图，内口皆归外口管。"因为图的繁体字是"圖"，可以拆成四个"口"字，而且里面的口都由外面的大口包着，所以就是说，我是县长，我怕谁，我的地盘儿听我的，也就是都由我县令做主的意思。杨溥听后马上就明白了，可是他还是大着胆子对上："五人共伞，小人全让大人遮。"杨溥对得很巧妙，繁体的伞是"傘"，也是可以拆成五个人字，大人护佑四个小人，就是说全靠小官大人的庇护。对联不仅做法一样，最重要的是他把县令吹捧了一番。

　　聪慧的杨溥成功考取了进士，中年时已经身居高位，在北京做官了。他的儿子从湖北老家来北京看他，一路上引来了一群巴结讨好的官员。杨溥见到儿子就问他："一路走来，感觉如何呀？"儿子在路上风光无限，但是在父亲身边不敢造次，老实地回答说："儿子走这一路，

送　别

各个官员对我都很好，只有江陵知县对我很冷淡。"杨溥问："怎么回事？"儿子说："别人对我都很恭敬，做好万全准备招待我，唯独他随随便便接待我一下，给我准备了些一般的饭食，对我也太马虎了点。我专门记下了他的名字，他就是天台县的范理。"不久，皇帝询问下面官员的政绩，杨溥竟然推荐了范理。谁会想到范理的"无礼"却受到了杨溥的礼遇呢？杨溥正是看重了范理的刚正不阿才推举他的。

　　不仅如此，没过多久，他就让儿子回去了。下面这首诗就是写这件事的：

遣子还里

拂拂西风吹绣鞍,送儿归去自心宽。

菜根有味休嫌淡,茅屋无书可借观。

朝夕旨甘勤养母,夏秋租税早输官。

归家若问居官事,做到双台彻底寒。

此诗写得平淡徐缓,但是却表达了很真实的情感。秋天里,马儿自己悠闲地走在前面,杨溥和儿子在后面,边走边说着话。他觉得送走儿子自己就心宽了,可能是觉得朝廷政务繁多,儿子回去他就不会分心了。再说,在纸醉金迷的北京待久了,儿子会不会养成官二代的习气呢,总之虽然很舍不得,还是送回去的好。他嘱咐儿子回家好好侍奉母亲,还说不能给家里人带回金银珠宝,愧对家人。

也许有人会怀疑,杨溥真的有这么穷吗?据说,在杨溥家乡石首市高陵岗村出土的杨溥墓葬中,除了皇帝所赐的穿戴衣物外,嘴里也没什么美玉、夜明珠啥的,倒是发现在一个精致的锦袋里装着他暮年脱落的几颗牙齿。这也许可以说明他的官职并没有给他带来金灿灿的"钱程"。

"三杨"不仅在诗文上形成了自己的流派,在书法、绘画上同样具有台阁体的风格。台阁体的特点就是雍容典雅,平正醇实,但是却缺少驰骋的气度和批判的力度,不过一些诗作也饱含了作者的真情实感。只不过后来的模拟者才情差,又无真情实感,令人生厌。与"三杨"同处高位的李东阳对太阁之风有所改变,另创一派,人称"茶陵诗派"。

万里乾坤此江水　百年风日几重阳

——李东阳《九日渡江》

李东阳（1447—1516年），字宾之，号西涯，祖籍湖南茶陵，出生于北京西涯。他的父亲是个有学识的人，但是没有走上仕途，致力于创办私立学校。李东阳不负父望成为明代茶陵诗派的总舵主，又是内阁重臣，还是有名的书法家。在明代历史上像李东阳一样，既有政治功业又有文学盛名的人物并不多见。

李东阳是有名的神童，父亲经常带他游览京师，在街头他挥笔写下直径一尺的大字，当时他只有四岁。这一奇观被京城的一位想要讨好皇上的要员看到，上报朝廷。在古代，官员不仅要干好自己的本职工作，还要担负起改善皇帝生活情趣的重任。当然，市井中出此神童也是他们大明繁荣昌盛、国力强大的体现，为此，李东阳幼年时就有了一睹龙颜的幸运。

李东阳

据说四岁的李东阳被父亲引着面见皇帝，因为个子矮小，跨不过门槛。皇帝看到这一搞笑的情景，脱口而出："神童脚短"。李东阳边吃力跨过门槛，边朗声应对："天子门高"。李东阳如此讨喜，很得皇帝欢心，皇帝甚至把他抱到怀里，这是何等殊荣。这时皇帝看到立在一旁的李东阳父亲，就说："子坐父立，礼乎？"李东阳看了看立在一旁的父亲，又看了看这金銮殿，答道："嫂溺叔援，权也。"古代礼法，男女授受不亲，即使叔嫂也不行。嫂子掉进河里小叔子去拉她，虽不符合礼法，但这是权宜之计。这时皇帝也不得不赞叹他的机智和才气。如此小人，有如此心思和胸怀，实在难得。再加上他又展示了他的大字功，皇帝很高兴，赐给他很多珍奇水果和钱财。

明代宗第二次召见李东阳,同时还召见了另一个神童程敏政。他俩进宫,正值代宗吃螃蟹,代宗指蟹说了上联:螃蟹一身甲胄。程敏政应声对曰:凤凰遍地文章。李东阳随即对道:蜘蛛满腹经纶。所谓有对比才有鉴别,明代宗连连称赞李东阳:"他日做宰相之人啊!"虽然程敏政也很有才,古代的"文"是由"纹"转化而来的,程敏政由凤凰身上的纹想到文章,而李东阳更胜一筹的地方在于他的始终体现了他的政治敏感度,这是他的高明之处。果然李东阳18岁那年考中了进士,开始了他的官宦生涯,并一步步身居高位。

明代中期政权稳定之后,迎来了经济文化复苏的新局面。诗歌创作也受到这种氛围的影响,呈现出粉饰太平、雅正雍容的风格,代表诗人就是前文所说的"三杨"。但是文学有其自身的发展规律,不能一直为国家意识形态所束缚。此时以李东阳为首的创作者开始引导诗文表达个人情怀,因李东阳祖籍茶陵,他们这一派诗人被称为茶陵诗派。有人说李东阳是明代七子派复古运动的先驱。与复古派相比,李东阳缺乏社会批评精神,但是他将文学为政治服务扭转为抒写自我情怀,也是功不可没。李东阳对诗文创作有深刻研究,著有《怀麓堂诗话》。他说创作诗词用实词容易,用虚字难,盛唐诗人善于用虚字,起承转合,悠扬委曲,都是用虚字之妙。但是如果虚字用不好,诗歌就显得柔弱、零散。李东阳的诗作很善于用虚字,做到虚实相生,各尽妙趣:

九 日 渡 江

秋风江口听鸣榔,远客归心正渺茫。
万里乾坤此江水,百年风日几重阳。
烟中树色浮瓜步,城上山形绕建康。
直过真州更东下,夜深灯火宿维扬。

这首诗中"万里乾坤此江水,百年风日几重阳"一句,就是巧妙地使用了虚字,虚字的使用可以使诗句有活力,不流于死板,使诗歌呈现出情感的流动、节拍的变动。

飞雨过时青未了　落花残处绿还浓

——李东阳《京都十景·蓟门烟树》

　　李东阳主要的生活地点是北京。当时没有现代这样发达的交通工具,在北京任职的李东阳闲暇之余,常在北京城内外转一转,他为此作有《京都十景》,其中较有名的一首是这样写的:

京都一景

京都十景·蓟门烟树

蓟门城外访遗踪,树色烟光远更重。

飞雨过时青未了,落花残处绿还浓。

路迷南郭将三里,望断西林有数峰。

坐久不知迟日暮,隔溪僧寺午时钟。

明诗

· 065 ·

　　这首诗在一定程度上体现出李东阳的作诗主张,画面感与音韵自然结合,读起来朗朗上口。由此不难看出李东阳学习唐诗,深得其妙,注重诗作的色彩冲击感和音律协调力,展示出李东阳眼主格、耳主声的作诗主张。李东阳身居高位,有一定发言权和号召力。所以,在他的倡导下,诗作典雅而不失清丽,让当时的文人呼吸到了一口清新的空气。不过上面这首诗似乎太重写景,并没有

深刻用意，下面这首诗就换了一种口味：

西山十首（其五）

长为寻幽爱远行，更于幽处觉心清。
柢园树老知僧腊，石壁诗存见客名。
望入楼台皆罨画，梦惊风雨是秋声。
人间亦有无生乐，化外虚传舍卫城。

这首诗可以看到写景之外的深意，那就是人间自有一番乐趣，何必追求虚无的幻境。

李东阳很爱写景诗。他是一个感官很敏锐的人，花草鱼石等一切外物都能触发他的心灵，他回报自然的就是把它们写入诗中，让它们在文学史上留下一个记号。

江中怪石

突兀山城抱此州，江间怪石拥戈矛。
随波草树愁生罅，骇浪蛟龙却避流。
岂有岧峣能砥柱，只多冲折向行舟。
凭谁一试君山手，月落江平万里秋。

从这首诗里可以看到诗人的变化，相对上面两首来说，气势似乎更宏大，场景更宏阔，变幻莫测。这种改变来源于他第一次离开京师，第一次的远游变换了时空，让他对新时空充满了好奇。丰富的景致，为李东阳的诗歌创作加入了新的血液，更开阔了他本人的气魄。但是，在看到不一样的景致的同时，他也看到了世事万物的变化，发出了深沉的感慨：

登清凉寺后台

虎踞关高鹫岭尊，西山环绕万家村。
城中一览无余地，象外空传不二门。
人世百年同俯仰，江流中古此乾坤。
南都胜概今如许，归与长安父老论。

争似阿婆骑牛背　春风一曲太平歌

——李东阳的政治立场

随着李东阳的名声越来越大,跟随他的门人也越来越多。李东阳凭借诗歌不断扩大自己的影响。这导致他的同僚产生了不满情绪。刘阁老听说有很多人向李东阳学诗,便斥责说:"就算作诗达到李白、杜甫那样,又能怎么样,也不过是酒徒罢了。"这种轻视诗文的功利主义的言论,李东阳自然不能赞同,说刘阁老是犯了因噎废食的错误。而且当时宦官刘瑾乱政,李东阳未能与之抗争,也未回乡归隐,使他有了"伴食宰相"之称,陆洙作诗讽刺李东阳:

才名直与斗山齐,伴食中书日又西。

回首湘江春草绿,鹧鸪啼罢子规啼。

古代人经常把鹧鸪和子规写在一起表离别意。鹧鸪的鸣叫声像:"行不得也哥哥";子规就是杜鹃,鸣叫声像"不如归去"。话里隐含的意思就是:你已如西下的太阳,也该回家养老了吧。武宗时,李东阳与刘健、谢迁一同辅政,成为内阁顶梁柱。但当时皇帝纵容宦官刘瑾把持朝政,自己又纵情声色犬马,荒淫无度。李东阳三人苦口婆心、终日劝诫皇帝,武宗只是口头应承,做事与以往没有什么不同。当时士大夫有这样的情怀:既然皇上不采纳我的建议,良苦用心不被重用,那么,就没有再做辅臣的必要了。所以李东阳三人相约一同

牛

辞官。由于皇帝对刘健、谢迁早已心存芥蒂，所以他只挽留了李东阳。李东阳不得已留了下来，可是他孤木难支，朝政一天天腐败堕落，他也索性半官半隐。这件事成为时人诟病他的理由。有些人觉得李东阳贪恋权位。有人甚至画了一幅漫画来讽刺他，画中是一位老妇人骑着牛吹笛子，老妇人的脑门儿上还写着一行字："此李西涯相业。"西涯是李东阳的号，其中讽刺不言而喻。有人把这件事告诉了李东阳，李东阳并未对此大发雷霆，而是不动声色地回了一首绝句：

> 杨妃身死马嵬坡，出塞昭君怨恨多。
> 争似阿婆牛背稳，春风一曲太平歌。

你们不是把我比成妇人吗，那我就让你们知道一些女子在历史洪流中的作用。我这个老妇人其实是拼了这把老骨头，在为太平盛世尽一分力量。诗中不难看出李东阳不离相位的真正原因：他心系天下，想走曲线救国的路线，只有身处政权中心，才能扭转乾坤。事实证明，在刘瑾乱政、迫害朝臣的过程中，李东阳都是在尽力周旋营救。但是出淤泥而不染确实不易，李东阳还要与刘瑾周旋，甚至合作，其中的苦涩或许只有他自己才能感受到。李东阳的门生都建议他早日离开这个大染缸，甚至以断绝师生关系为要挟，但李东阳除了惋惜长叹，还能做什么？他似乎在等待机会，一个能铲除刘瑾的机会。最后在铲除刘瑾的过程中，李东阳功不可没。

当时对李东阳的攻击并非仅"伴食宰相"一事，有一件科场舞弊案也把李东阳牵涉其中，让他有口难辩。有人写诗讽刺李东阳说：

> 堪叹涯翁与翁邃，两人皆起自神童。
> 文章政事不多异，诡谲奸邪大略同。
> 考试卖题涯怎恕？选官受贿邃难容。
> 皇天莫道无阴报，个个叫他绝后宗。

这里说的"考试卖题"，是指徐经贿赂程敏政家人买科考题目的事。这件事本来就疑点重重，更何况就算真有其事，跟李东阳也并无关系。但李东阳却被牵连其中，还招来断子绝孙的诟骂。李东阳自然无法管住他人的嘴，只能沉默。

在权利的争斗中,李东阳还算是一个心态很好的官员。而且他做官很有章法,该严肃的时候很严肃,但是也有戏谑搞笑的时候。李东阳在翰林时,有一次因为误了早朝,被罚运灰炭。翰林院原先流传着"一生事业惟公会,半世功名显早朝"的诗句,形容翰林们职务清闲,难有用武之地。李东阳被罚后又接了两句:"更有运灰兼运炭,翰林头上不曾饶"。这样的自嘲引得同僚哈哈大笑。

明 诗

哀鸣时自触　痛极本无言

——李东阳《哭舍弟东川》

　　李东阳仕途上风光无限,可他的私人生活却充满坎坷,一生饱尝丧亲之痛。李东阳的母亲在他10岁时就去世了,好在父亲对他万般疼爱,悉心照顾。李东阳刚做官时,每次外出饮酒,总是深夜才归,老父总是守着油灯等他。李东阳知道此事后,再也不外出饮酒深夜才归了。李东阳一生还有多个亲人离世,他的两任妻子都病亡,为此他内心非常苦痛。亡妻阴影还没离散,他的三个弟弟也相继离世,他的三弟东川死时才19岁,还未娶亲。弟弟如此年少就死去,也没有子嗣相继。这让李东阳感觉实在悲痛,所以他为三弟写过五首悼亡诗,其中一首是这样写的:

哭舍弟东川五首(其一)

树好连枝折,身危半臂存。

乾坤几时梦,骨肉一生恩。

寂寞空残语,苍茫有断魂。

哀鸣时自触,痛极本无言。

　　丧亲之痛一直折磨着李东阳,最让他痛苦的莫过于晚年丧子。他的长子在27岁时,因病亡故。李东阳痛苦地叩天问地:"天呀,是我没有德行,没有继承祖宗的教化,罪孽积身,报应到我儿子身上,实则让我痛不欲生吗?"长子病故,在李东阳的内心留下了痛苦的阴影,使他晚年一直难以释怀。然而就在李东阳64岁时,女儿也离开了人世。亲人的离世像一个魔咒笼罩着李东阳的一生,给他带来了无限的痛苦。然而令人欣慰的是李东阳并未由此而颓废,更未由此而心理扭曲,他依然尽他所能关爱身边的人,尽心处理好政务,实现他济苍生、安黎庶的价值。

木叶下时惊岁晚 人情阅尽见交难

——李东阳写给友人的诗

丧亲之痛给李东阳带来了巨大的痛苦,能够为他缓解痛苦的是他的朋友,特别是他的文友,让他在家庭的苦楚之外能够会心一笑。他有一个朋友叫彭民望,与李东阳情深意笃,不过彭民望一直不看好李东阳的诗。直到有一天彭民望去官归乡,李东阳怜惜友人,寄了一首诗来安慰彭民望,诗云:

寄彭民望

斫地哀歌兴未阑,归来长铗尚须弹。

秋风布褐衣犹短,夜雨江湖梦亦寒。

木叶下时惊岁晚,人情阅尽见交难。

长安旅食淹留地,惭愧先生苜蓿盘。

明 诗

诗中既有对友人英雄潦倒的不平,又有对淡薄人情的无奈以及无力援助的愧疚,这几种真实的感情柔和成一首凄婉的歌。他没有劝勉安慰的语词,只是把悲苦的现实清楚地摆在友人面前。正是这样的不虚伪、不造作,才在友人心中产生共鸣,同时达到了慰藉的效果。彭民望在读完这首诗后,流着泪,歌吟了十多遍,还不忍放下,说:"西涯的诗写得如此的好,我开始还看不上呢,好想再与你把酒吟诗一番呀。"

读 诗

李东阳与朋友交往的故事还有很多。李东阳在翰林院的时候，一些翰林喜欢关起门来作诗，有些人还是写不出诗来，憋得脸都青了，这一场景被一小僮在门缝里看到后又被彭教知道了，他就以"青"字为韵来讥笑这些翰林。翰林们很生气，李东阳出来解围说："拟向麻池争白战，瘦来鸡肋岂胜拳。"把彭教比作瘦鸡肋，翰林们听到都笑了，矛盾也化解了。

古代的官员在工作之余经常吟诗作赋，作为文坛盟主的李东阳常常是这类活动的召集者和组织者。有一天李东阳的一个门生要回家省亲，大家都作诗给他践行。有个叫汪石潭的人，才思最敏捷，很快就写了一首，其中一联是这样写的："千年芝草供灵药，五色流泉洗道机"，众人传阅，都觉得写得好。李东阳看了之后把后一句抹去，让汪石潭重写，大家都觉得很诧异。李东阳说："归省和养病是两件事，现在只写养病，对归省只字不提，犯了偏枯的毛病。"大家听后觉得有道理，就让李东阳把诗续补完整，李东阳略加思索开口说："五色宫袍当舞衣。"宫袍当舞衣，表示归家省亲。与友人诗文唱和，有时难免会很晚，有一次眼看灯芯就要燃尽了，李东阳就把棉袍里的棉絮撕一块儿碾成灯芯。他的《白洲诗集》中有一首留别诗云："看花不厌伤多酒，燃絮犹供未了诗。"

宴饮雅集

与李东阳同朝为官的有个叫陈师召的人，此人很有意思，他的幽默细胞比李东阳更多。他是明代的经学家，人称愧斋先生，思维与常人有些不同。有一天下朝，陈师召想去见李东阳，在路上对赶车的仆人说："去李东阳家。"仆人没听见，把他送到了他自己的家。陈师召一进门，以为到了李东阳家，到屋里看了看，说："和我家里一样嘛。"又看到了墙上的画，说："我家的画怎么跑到你家来了？"一会家人出来伺候他，他斥责说："你不在家里等我，怎么跑到人家家里来了？"仆人说："这是老爷您的家呀。"他这才明白过来。

陈师召有一匹盲马要出售，卖六百钱，李东阳知道后，为此事写了一首诗：

> 六百青蚨十里才，忍将筋骨付尘埃。
> 惊魂已脱池边险，往事无劳塞上猜。
> 斗酒杜陵堪再醉，千金郭隗幸重来。
> 知公自是忘机者，一笑能令万事该。

实际上，李东阳还送过陈师召一匹好马呢，陈师召骑着马上朝，见到李东阳就把马还给了他。李东阳很诧异，问他这马哪里不好。陈师召说："我骑着以前的马来上朝，路程中可以作六首诗，骑着这匹马只能作两首，这不是一匹好马。"这个答案很奇葩，让李东阳哭笑不得。李东阳跟他说："马的好坏是通过他是不是善于奔跑来定义的。这匹马真的不是好马吗？那我可牵走了，我送给别人去。"陈师召想了一下赶紧说："好着呢，好马，好马。"说着牵着马溜走了。

李东阳还有个好友叫王古直。王古直，名佐，字仁辅，古直是他的别号，他凭借此号流行于世。元宵节这天，北京城有将糯汁烧成透明的类似琉璃的瓶子，制成花灯，还可以贮水养鱼，映衬着烛光，通明可爱。这天，李东阳和王古直等人也逛灯会，王古直看到这种特别的灯，非常喜欢，花重金买了一盏，爱不释手，终日把玩。李东阳写了一首诗来嘲笑他：

> 买得长安市上春，玉壶清水贮金鳞。
> 却看尘土疑无地，未掣波涛亦有神。
> 眼底功名聊此幻，杖头风月且教贫。
> 西堂灯火元宵夜，又向东风作旅人。

可是有一天这件易碎品落地为碎片，王古直很心疼，不高兴地说："哎，我的家当都用来买了它，这次好了，荡尽无存了。"可见此瓶在王古直心中的价值。李东阳知道后就用前一首诗的韵又作了一首诗来安慰好朋友：

> 白发华灯一夜春,江南江北两穷鳞。
>
> 飞腾有地归尘土,诃护无钱役鬼神。
>
> 物以泡名终合尽,家随身在更何贫?
>
> 清诗素壁犹堪玩,休羡扬州鹤上人。

　　李东阳安慰他不要难过,外物终究会坏掉,写诗也能娱乐,诗不会坏。可见古人劝慰友人需要费一番思索,也说明诗歌在古人的生活中几乎无所不在,无所不能。只要你愿意写,不管遇到什么样的事,都可以写诗抒怀,或劝慰别人。

明
诗

庙堂遗恨和戎策　宗社深恩养士年

——李东阳改诗

　　李东阳身边还一位好友，经常能对李梦阳的创作提出很好的建议，他叫谢铎。李东阳曾经写过《厓山大忠祠（二首）》，谢铎看后对第二首的第三联不满意，可是李东阳看后感觉没有提升的空间了。谢铎则笑着说："以你的才学，不应该有这样欠火候的诗句吧。"李东阳反复思考锤炼写出"庙堂遗恨和戎策，宗社深恩养士年"的名句。这两首诗抄录如下：

厓　山

厓山大忠祠（二首）

其　一

国亡不废君臣义，莫道祥兴是靖康。
弈走耻随燕道路，死生惟着宋冠裳。
天南星斗空沦落，水底鱼龙欲奋扬。
此恨到今犹不极，厓山东下海茫茫。

其　二

宋家行在日南迁，虏骑长驱百万鞭。

潮海有灵翻佑贼,江流非堑枉称天。

庙堂遗恨和戎策,宗社深恩养士年。

千古中华须雪耻,我皇亲为扫腥膻。

李东阳也觉得自己改得好,很是得意。谢铎说:"你还不谢我,要是没有我,你能有这样经典的句子吗?"李东阳瞅了他一眼,没理他,但心中自是非常感激的。李东阳还写过《端礼门古乐府》,谢铎认为最后一句不是很完善。李东阳斟酌之后改为:"碑可毁,亦可建。盖棺事,久乃见。不见奸党碑,但见奸臣传。"不等李东阳落笔,谢铎就拍手叫好,甚至跳了起来。在李东阳的周围形成了诗文创作的场域。在这样的氛围中,众人通过诗文这样的媒介进行思想、情感的交流,既提供了写作水平,也增进了友谊,最主要的是形成了浓厚的文化氛围,形成了良好的世风。

才子哲人　众美荟萃

明

诗

　　明代主流诗派之外,还有众多才子哲人,他们在诗歌创作方面颇有建树。这些诗歌因为作者的特立独行而更富有灵性,型制更加自由,情感更加丰沛。其中比较典型的要数风流才子唐寅,哲学怪杰王艮和下凡文曲星杨慎。不走寻常科举路的唐寅,在父亲的殷切期盼下勇敢尝试了一下文人正途,并写下慷慨激昂的《七律诗赠恩师梁储以表夺魁之志》,没想到被友人算计,走上了"不归路",收拾心情,回归自我,于是放声吟唱《桃花庵歌》。于艮甩下"家族产业",寻找名师王守仁,用《次文成答人问良知》等诗表达对"致良知"的新解释,经过一番努力终于修成正果,成为阳明心学重要继承人、发展者,得以高唱《大成歌》。而杨慎的诗歌,不管是唱尽人间事的沧桑曲《临江仙·滚滚长江东逝水》,还是辛辣讽刺朝政的《西江月》,还是浓情赞美其第二故乡的《滇海曲》,都可以看出其深厚的文学功力和独特的才情。众美云集,各有亮点,就让我们来看看明代才子们创作的诗背后的故事吧。

翠袖三千楼上下　黄金百万水西东

——唐寅《阊门即事》

　　苏州是个风景如画的地方，这里"千里莺啼绿映红，水村山郭酒旗风"。这个美丽的地方盛产多才多艺的青年才俊，其中的佼佼者就是风流无比、才华横溢的唐伯虎了。唐寅，初字伯虎，后更字子畏，唐大才子还有很多别号，如六如居士、桃花庵主、逃禅仙吏等。想看看当时苏州到底有多繁华吗？就让唐伯虎自己来讲一讲：

阊门即事

世间乐土是吴中，中有阊门更擅雄。

翠袖三千楼上下，黄金百万水西东。

五更市卖何曾绝，四远方言总不同。

若使画师描作画，画师应道画难工。

唐　寅

　　苏州是明代的商业中心，而阊门又是苏州的中心，可想其繁华程度了。唐伯虎讲述的阊门就是乐土中最鼎盛的地方，是商业的制高点。"翠袖三千"当然是指青楼女子了。这类场所的发达也代表着这里经济的繁盛，更夸张的是金钱交易达到百万黄金，商品交易像流水一样。市场的小贩昼夜都不歇息，走在街上的人们嘴里操着各处的方言，要是让画工来描画街景，除非是擅长丹青的张择端，否则确是一件非常困难的事。

　　诗中不无饱含赞美和自豪的情怀，这是

因为唐家也是阊门的大商户。唐伯虎的父亲唐广德是个大商人,虽然腰缠万贯,但是一心想要儿子走科举路线,成就功名,光宗耀祖。虽然明中晚期的商业已经非常发达,可是经济地位第一的商人们,社会地位却不高。在商业环境中长大的唐伯虎从小就很有个性,虽然他很爱读书,但是对科举非常不屑,他怀揣的梦想是成为一代豪杰。他的才华不仅源于天赋,更有后天的努力,他读书时足不出户,连门外的南北街道都分不清楚,真正达到了"两耳不闻窗外事,一心只读圣贤书"的程度。唐伯虎的父亲去世后,好友祝允明对他说:"你不要这样度日了。要不就完成你父亲的遗愿,还是参加科举考试吧。"唐伯虎听后觉得有道理,但他打心眼里不爱举业,便说:"明年正好举办乡试,我就准备一年,考上与否就这一年。"天才果然不同于凡人,唐伯虎下定决心后,竟然把窗户用泥封上不与任何人来往,用心温书,果然第二年考中解元。

明

诗

三策举扬非古赋　上天何以得吹嘘

——唐寅《七律诗赠恩师梁储以表夺魁之志》

　　唐伯虎在乡试中以绝对优势拔得头筹,他只努力一年就夺得了有些人一辈子都可能达不到的成就,为此他名声大震。这次也让对科举没兴趣的唐伯虎有了期望,他非常享受金榜题名的感觉。他甚至觉得自己已经夺冠,看看这首诗就知道他有多狂傲:

七律诗赠恩师梁储以表夺魁之志

　　壮心未肯逐樵渔,秦运咸思备扫除。

　　剑贵百金方折阅,玉遭三黜忽沽诸。

　　红绫敢望明年饼,黄绢深惭此日书。

　　三策举扬非古赋,上天何以得吹嘘?

　　诗中流露出冲天的豪气而自信。但俗话说,天有不测风云,人有旦夕祸福,潇洒地活了30年的唐伯虎,迎来了他人生中的第一个挫折。同唐伯虎

明诗

科　举

一起参加会试的还有徐经和都穆。徐经是个才智稍差的"富二代",对会试没有信心,便动了走后门的邪念,于是他贿赂主考官程敏政的家人,得到了一个小题库。徐经得到试题后请唐伯虎给他写文章,唐伯虎虽有疑问,但是没有在意,还把此事告诉了都穆。都穆自知实力不及唐伯虎,财力又比不上徐经,心里各种羡慕嫉妒恨。于是他将此事告发了。在当时,考试泄题是要负刑事责任的。这次虽没有严重到这种程度,但是所有名次靠前的成绩都作废,落后的都穆却榜上有名。唐伯虎毫无悬念地被除名了。唐伯虎很受伤,发誓与都穆此生两不相见。后来都穆绞尽脑汁想要与唐伯虎和好。一天,他看到唐伯虎一个人在酒楼上,就想与唐伯虎来个偶遇,趁机化解矛盾。他内心也很忐忑,不知道如何才能冰释前嫌。可没想到,唐伯虎看到他上楼来,立即从平台上跳了下去,差点摔死。都穆终于知道,两人的关系覆水难收,永远决裂了。其实从此事不难发现,以唐伯虎单纯火爆的性子实在不适合混迹官场。

科场舞弊让唐伯虎的名誉大损,往常崇拜的目光变为不屑。这让一心想成为豪杰的唐伯虎备受打击,他认为自己白璧无瑕的一生自此有了不可抹去的污点。虽然唐伯虎才华横溢,但因此事,他的社会地位就只能是一个小小的举人,他内心不平,从此更加放肆傲慢,不受礼法约束。他写了一首诗:

寿王少傅守溪

绿蓑烟雨江南客,白发文章阁下臣。

同在太平天子世,一双空手掌丝纶。

李诩在他的《漫笔》中评价唐伯虎"其肆慢不恭如此。"诗中王少傅就是王鏊,官至文渊阁大学士,所以他能"掌丝纶",即为天子传布德音。而唐伯虎仅仅是一个举人,哪有这样的权利,所以李诩说他狂妄不恭。可是唐伯虎就是这样语出惊人,无法琢磨。

人言死后还三跳　我要生前做一场

——唐寅《夜读》

　　唐伯虎并不是终日愁伤、泪光点点的人,他想:既然从此"功成名立""正人君子"等名号不与自己沾边,何不活得潇洒一些,慷慨游戏余生呢? 于是他给自己刻了一枚印章——"江南第一风流才子"。这一刻,唐伯虎发生了质的蜕变,他开始探寻另外一种活法,释放自己的才华,再不受任何世俗和功利的牵绊。唐伯虎在深夜里,孤灯下,重拾信心,准备迎接新的生活:

夜　读

夜来欹枕细思量,独卧残灯漏夜长。

深虑鬓毛随世白,不知腰带几时黄。

人言死后还三跳,我要生前做一场。

名不显时心不朽,再挑灯火看文章。

　　唐伯虎深知人生如白驹过隙,他不想浪费自己的生命,于是说出了"人言死后还三跳,我要生前做一场"的励志宣言。就是说,人死后还要请巫师、和尚、戏班轰轰烈烈办一场呢,但死人怎么知道呢? 还不如在我没死的时候做一下让我看看。意思是只要我心不死,我就可以重新开始,成就一番不朽的人生。

移家欲往屏风叠　骑驴来看香炉峰
——唐寅《登庐山》

　　唐伯虎决定进行一场远游,在自然当中重拾人生的价值。他拜谒古帝王墓,翻越武夷山,淌过九曲溪,心境越来越开阔。这一天,他到达了江西的庐山,当看到峭壁嶙峋、仙洞邈邈的景色,唐伯虎情不自禁赋诗一首:

登庐山

匡庐山高高几重,山雨山烟浓复浓。

移家欲往屏风叠,骑驴来看香炉峰。

江山乌帽谁渡水。岩际白衣人采松。

古句摩岩留岁月,读之漫灭为修容。

　　在这里,唐伯虎想起了另外一个放荡不羁的才子,那就是李白。虽然相隔着百年茫茫时空,两人的心却在此时此景中相惜相慰。后来唐伯虎将自己深印在脑海中的庐山游感,聚于笔端,饱蘸浓墨,创作了一幅《庐山三峡桥图》。画面上,三峡桥(又称观音桥)如彩虹横空,泉吐瀑泻,峰岩叠嶂,古木参天,云飘烟绕,尽情展现了大自然的壮美。唐伯虎寓情于画,借画隐晦曲折地抒发自己的压抑情绪。

庐　山

从此,唐伯虎开始拓宽阅读的题材,自然、音乐、美术、哲学等无所不涉。他的绘画才能也有了更大进步,甚至成为他谋生的手段。他从师于著名画家周臣,并很快名声大震,向他求画的人上至豪门贵宦,下至平民百姓。

在古代,扇子是很多文人雅士的重要装饰品。如果扇子上有名人的诗画是再体面不过的了。有一次一个人想向唐伯虎求扇面,唐伯虎给他画了一幅桃杏水墨图,想等闲暇的时候再补上一首好诗。可是一个狂妄的书生在上面题了诗,唐伯虎知道后非常生气,就用墨水将扇子上的画和诗全部涂黑。当时有个青年叫杨仪,他赶忙用水把墨洗去,还好挽救及时,画还在,倒是狂生留下的诗残缺了。杨仪替这幅画感到惋惜,于是他想了好久,在那些字的基础上,填了一首词《长相思》:

长相思

桃花红,杏花红,两样春光便不同,各自逞娇容。　倚东风,笑东风,绿叶青枝共一丛,静爱碧烟笼。

扇　面

后来,杨仪很忐忑地把扇面给唐伯虎看,没想到唐伯虎非常欣赏,之前的气愤也烟消云散了。可见唐伯虎并不是讨厌别人的逾越行为,而是要一首配得上他的画的诗词罢了。

明诗

抚景念畴昔　肝裂魂飘扬

——唐寅一生的女子们

　　唐伯虎的父亲曾经感慨："我这个儿子今后必定成名,就怕难成大家啊!"虽然后来的唐伯虎可以称得上风流无限,但是一生的情路确实充满坎坷。唐伯虎有一首诗是悼念亡妻的,其中充满思念和凄苦的滋味。诗是这样写的:

伤　内

凄凄白露零,百卉谢芬芳。

槿花易衰谢,桂枝就销亡。

迷途无往驾,款款何从将?

晓月丽尘梁,白日照春阳。

抚景念畴昔,肝裂魂飘扬。

　　从诗中我们可以看到唐伯虎的第一任妻子早亡,唐伯虎非常思念。可见两人感情深厚,只可惜,佳人早去,只留下唐伯虎一个人回忆和惆怅。后来唐伯虎又续弦,只是正赶上身陷科考舞弊案,被斥为民,唐伯虎不甘心受这样的屈辱,并因此事与他的第二任妻子反目成仇,从此劳燕分飞。

　　这之后,唐伯虎恢复自由单身生活,演绎了一幕幕真人版才子佳人的风流趣事,其中最有名的就是唐伯虎点秋香了。有一天唐伯虎在岸上看到一艘画舫,里面有一个容貌姣好的女子,此女顾盼嫣然,含笑望了他一眼。唐伯虎瞬间有一种被电击的感觉,他急忙买了一艘小船,从苏州金阊跟随画舫而去,一直到浙江的吴兴才见此美女款款上岸,进了一个官宦的府邸。他不晓得此女的身份,便把自己乔装成一个落魄的教书先生,想在府中谋一口饭吃。主人收留了他,让他做府中两位公子的老师。唐伯虎为人风趣,又有才学,两位公子都很喜欢他。接着他便假意以回家娶妻为借口,请求离开,两位公子自然不肯,就说:

秋 香

"我们府中美婢如云,任你挑选,你就在这里娶妻吧。"唐伯虎心里非常高兴,找到了那个女子,就是秋香。两人成婚当晚,秋香看到是唐伯虎非常惊讶,甚至有些恼怒。唐伯虎不知缘由,以为秋香不喜欢他。秋香说:"你不是一般人,为什么要在这里作践自己。"唐伯虎听后知道是这个原因,心里窃喜,深情地说:"你那天看了我一眼,我就深深地陷入你的眼眸里,对你不能忘情。"秋香说:"那天我看到你时,你如众星捧月一般,我就知道你不是一般人。"后来有客人来访,主人让唐伯虎招待一下,客人看他很面熟,问他:"你可认识风流才子唐伯虎?"唐伯虎说:"我就是。"客人非常惊讶,问主人:"您如何能请唐伯虎做教书先生?"主人也很吃惊,第二天就赠予金银珠宝,送伯虎和秋香归家。

　　唐伯虎放荡不羁,纵酒风流,还常常混迹于妓女中间。古代的妓女很多都是琴棋书画精通的才女,她们也许不能选择自己的命运,但是一些名妓还是可以选择服务对象的。像唐伯虎这样懂风情、有文化,还晓得怜香惜玉的才子,必然是女子们心中的最佳情人了。但是唐伯虎的好友文徵明却是个内敛腼腆的人,虽然他很欣赏唐伯虎,却不能像唐伯虎一样成为一个随性风流的人。唐伯虎深知这一点,经常让妓女戏弄他。有一次两人出游,唐大才子又带了几个美艳的妓女作陪,他和妓女们说:"文公子在青楼中被称为坐怀不乱的君子,实际上他很喜欢你们可爱的样子,而他自己却摆出一本正经的君子样貌,你们去试试,看他反应如何。谁要是能讨他欢心,我手上的钱就是谁的。"说着文徵明正好走过来,一众妓女都围绕在他身边,文徵明很窘迫,扭头看到唐伯虎一脸贼笑的样子,大叫:"唐伯虎,你害我!"引得唐伯虎大笑不止。但是唐伯虎并不轻视妓女,而是把她们当作好友,甚至会对她们产生真情实感,他曾经写过这样一首诗:

哭妓徐素

清波双佩寂无踪,情爱悠悠怨恨重。
残粉黄生银扑面,故衣香寄玉关胸。

月明花向灯前落,春尽人从梦里逢。

再托生来侬未老,好教相见梦姿容。

　　这是唐伯虎为妓女徐素作的悼亡诗,其中深情款款,感慨伊人已逝,甚至许下来生再见的誓言,真是让人唏嘘感慨。大家都看到了唐伯虎的风流,似乎多情的他会被认为是一个大众情人,而实际上他对女子的细腻感情,对女子的尊敬、欣赏才是她们依靠他的先决条件。唐伯虎生命中还有一个重要的女子就是沈九娘。沈九娘的特别之处在于,她不仅给予唐伯虎生活上的关怀,还是唐伯虎最后一任妻子。唐伯虎在青楼中认识了官妓沈九娘。官妓是古代供奉官员的妓女,为朝廷特别设定。这些官妓不但姿容绝佳,诗词书画也样样精通。九娘很敬重这位才子,为了让唐伯虎有个良好的绘画环境,她把妆阁收拾得十分整齐,唐伯虎作画时,九娘总是给他洗砚、调色、铺纸,唐伯虎从此有了一个吟诗作画的好伴侣。他画的美人,大都是从九娘身上体会到的风姿神采。九娘见唐伯虎不把她当作官妓看待,尊重她、怜惜她,就益发敬重唐伯虎了。天长日久,两人产生了爱情,成了夫妇。过了两年,九娘生了个女儿,取名桃笙。唐伯虎在其父死后并不善于管理财务,他为人又放荡不羁,不置生产,经常出入烟花场所,很快家境败落,唐伯虎晚年生计窘迫,他赋诗这样描述自己的生活:

明诗

《言 志》

言　志

不炼金丹不坐禅,不为商贾不耕田。

闲来写就青山卖,不使人间造业钱!

　　这就是他的生活全景，不经商，不种地，平淡惬意，写诗卖画。这样的清贫日子在平静年代还好，可到了苏州水灾的时候，唐伯虎的卖画生涯自然艰难了，有时连柴米钱也无着落。一家人的生活全靠九娘苦心撑持。九娘终因操劳过度病倒了，唐伯虎请来医生，医生诊断后，告诉唐伯虎九娘已经病入膏肓。唐伯虎尽力服侍九娘，无心于诗画。终于这一天还是来了，九娘紧紧握着唐伯虎的手，说道："承你不弃，要我做你妻子，我本想尽我心力打理好家务，让你专心于诗画，成就你快乐的一生。但我无福、无寿，又无能，我快死了，望你善自保重。"听了这番话，唐伯虎禁不住泪如雨下。九娘死后，唐伯虎受尽了人间和黄泉两隔的苦楚，内心的惆怅化成了一句句含泪的诗文：

扬州道上思念沈九娘

相思两地望迢迢，清泪临门落布袍。

杨柳晓烟情绪乱，梨花暮雨梦魂销。

云笼楚馆虚金屋，凤入巫山奏玉箫。

明日河桥重回首，月明千里故人遥。

　　独自走在扬州道上，唐伯虎遥想当年与沈九娘的相遇、相知、相爱，不禁感慨物依旧人已去。回首之时，思念中爱人的影子似乎与这明月重合，他感到周身无尽的凄凉。他的多情、细腻和敏感，都只归于那些孤独。这是他放荡不羁的对立面，大概这才是他最真实的一面吧。

明
诗

但愿老死花酒间 不愿鞠躬车马前

——唐寅《桃花庵歌》

生活总是让唐伯虎这个才子体会出无奈的滋味,他常常在想:我能做些什么让自己快乐呢? 想到美丽的桃花或许能慰藉自己的苦闷,于是他建造了桃花坞,还留下了有名的《桃花庵歌》:

桃 花

桃花庵歌

桃花坞里桃花庵,桃花庵下桃花仙。

桃花仙人种桃树,又折花枝换酒钱。

酒醒只在花前坐,酒醉还须花下眠。

花前花后日复日,酒醉酒醒年复年。

但愿老死花酒间,不愿鞠躬车马前。

车尘马足贵者趣,酒盏花枝贫者缘。

若将富贵比贫贱,一在平地一在天。

若将贫贱比车马,他得驱驰我得闲。

别人笑我忒疯癫,我笑他人看不穿。

不见五陵豪杰墓,无酒无花锄作田。

歌中唐伯虎的人生洒脱得就剩下花和酒。酒可以让人迷醉,不用在乎世间的事。那么花呢,花又能带给他什么呢? 他发现能给予他慰藉的美丽桃花也片片飞落下来,虽然美丽,却让人心痛。林黛玉葬花是大家熟知的,也可以想见那个敏感的人儿,看着花儿凋谢,颜色褪去,芬芳也随之而消散。她内心对花的怜

惜就是对自己生命的感慨,她葬花的行为是在祭奠少女如花而易逝的青春。葬花出于一个性格敏感脆弱的女儿家,让人觉得最合适不过了。然而这一幕其实更早地出现在一个放纵声色的大男人身上。据说花开时节,唐伯虎邀约文徵明、祝枝山临花雅集,饮酒赋诗,有时失声痛哭,看到花落了,就遣一个小仆人,一一细拾,盛以锦囊,葬于药栏东畔,作《落花诗》悼亡落花。这里节录开头和结尾:

> 刹那断送十分春,富贵园林一洗贫。
> 借问牧童应没酒,试尝梅子又生仁。
> 若为软舞欺花旦,难保余香笑树神。
> 料得青鞋携手伴,日高都做晏眠人。
> 夕阳黯黯笛悠悠,一霎春风又转头。
> 控诉欲呼天北极,胭脂都付水东流。
> 倾盆怪雨泥三尺,绕树佳人绣半钩。
> 颜色自来皆梦幻,一番添得镜中愁
> ……
> 春梦三更雁影边,香泥一尺马蹄前。
> 难将灰酒灌新爱,只有香囊报可怜。
> 深院料应花似霰,长门愁锁日如年。
> 凭谁对却闲桃李,说与悲欢石上缘。
> 花朵凭风着意吹,春光弃我竟如遗。
> 五更飞梦环巫峡,九畹招魂费楚词。
> 衰老形骸无昔日,凋零草木有荣时。
> 和诗三十愁千万,肠断春风谁得知?

有人觉得唐伯虎的行为,终归是文人痴狂,虽惊世骇俗,但不能与黛玉葬花相提并论。可如果仔细研读《桃花庵歌》和《落花诗》,那诗中的放纵和痴狂竟散发出苦涩的味道。在葬花中,唐伯虎格外清醒,他通过葬花这一情节,感慨人生的无常,诠释生命的意义。

唐伯虎的诗中总会有酒的影子。他是个实实在在的酒鬼,由于生活艰难,所以不见得每次都有钱买酒,但是他可以用他的才艺来交换。有一次,他看见一群人一边登山,一边赋诗。他便把自己打扮成一个乞丐,对他们说:"今天各

位吟诗作赋,能不能允许我这个乞丐应和一首呢?"那些人感觉很奇怪,难道乞丐都能作诗?不过人生太平淡,就权当找点乐子,于是他们就说:"来,试试吧。"唐伯虎要了纸笔,先写了"一上"两个字,写完就喝酒,那些人让他继续写,他又写了"一上"两个字,写完继续喝。这次这些人怒了:"怎么的,能不能写?找打?"唐伯虎说:"我很爱喝酒,有了酒,我就会作诗。"那些人说:"这简单,上酒。"唐伯虎挥笔写下"又一上"三个字,这时酒又到手中,他先豪饮一杯,提笔成诗:

乞儿图

> 一上一上又一上,一上直到高山上。
>
> 举头红日白云低,四海五湖皆一望。

众人看到诗后拍手叫绝,唐伯虎自然也是痛饮数杯,解了酒瘾。唐伯虎不知道他扮乞丐的绝招被张灵学了去,还用到了自己身上。有一天,张灵独自坐着读《刘伶传》,让书童在身边倒酒,每读到精彩的地方就喝一大杯。不一会儿,张灵端起酒杯,却发现是空的。书童怯生生地说:"酒没有了。听说唐伯虎在虎丘设宴,您为何不去那里喝酒呢?"张灵觉得这是一个好主意,但是又觉得很冒失,于是换了一身补丁衣服,梳了一个乞丐发型,左手拿着《刘伶传》,右手拿着木杖,唱着歌,直达虎丘乞讨。唐伯虎看了他一眼,就认出他是张灵,却故意佯装发狂,示意宾客不要理他。过了一会儿,唐伯虎对张灵说:"拿着书的乞丐,应该也会写诗吧。现在你就以"悟石轩"为题写首诗,写得好,酒随便喝,写不好就打折你的腿。"张灵说:"好,拿笔来。"不一会儿诗就成了:

·091·

悟石轩

> 胜迹天成说虎丘,可中亭畔足酣游。
>
> 吟诗岂让生公法,顽石如何不点头?

写完以后张灵把笔扔到地上,自己夸赞自己说:"写得太好了,用一个成语来形容就是掷地有声呀。"唐伯虎也哈哈大笑,把张灵拉入席中喝酒聊天。

如何不自烧些用　担水河头卖与人

——唐寅之诗的奥妙

　　唐伯虎是个"活宝型"人物,他有很多朋友,大家在一起吟诗作画,偶尔还做些偷鸡摸狗的事。一天唐伯虎和友人出游,看见一棵果树上结了累累果实,他就撺掇大家偷果子吃。他先跳进了果园,不想恰好跳进厕所,其他人在墙外等着听不到响动,以为他自己吃果子去了,有个年纪小的等不及也跳进去一看究竟,当然"幸运地"掉进厕所。他看见唐伯虎就蹲在他的身边,并且暗示他不要出声,悄悄说:"你也来享受这好地方了?等等他们,一会儿就都来了。"果然,不一会儿,几个人都跳进厕所,唐伯虎终于憋不住了,大笑不止。

　　唐伯虎的嘻哈风格让人觉得他很不靠谱。这不,一个烧丹术士找到唐伯虎,向他推销烧炼金银的好处。唐伯虎说:"你有这么好的法术,为何不自己一个人偷偷享用,为什么找我分享呢?"术士说:"哎,不瞒你说,我已经寻觅很久了,但是合适人选一直没有出现。今天见到你,我就知道我的贵人来了,没有第二个人有你这样的仙风道骨了。"唐伯虎心里一笑说:"那好吧,既然你众里寻她千百度,蓦然回首,我就在那灯火阑珊处,那我们就合炼吧。我在北郊有个空房间,很僻静,你到那里专心修炼,炼好了我们一人一半。"术士还不明白唐伯虎早就看穿他,还不离开,还拿把扇子要一首诗。唐伯虎倒是没拒绝,在扇上写下:

　　　　破布衫中破布裙,逢人便说会烧银。

　　　　如何不自烧些用?担水河头卖与人。

　　你要是能炼出银子,干嘛跟我分呀!唐伯虎用诗好好讽刺了他一把。唐伯虎的诗不仅能讽刺人,还能救人。吴县县令派差役到虎丘采茶,但是那里的和尚却无法承受差役的百般苛求,没有很好配合,差役回来就对县令抱怨不满。

县令下令把和尚绑来，打了三十大板。和尚很惊恐，托人找唐伯虎救他。唐伯虎当时没有表示，第二天，他像偶遇一样经过和尚示众的地方，在他的刑枷上题了一首诗：

官差皂隶去收茶，只要纹银不肯赊。
县里捉来三十板，方盘托出大西瓜。

"方盘"自然是那副刑枷，而"大西瓜"就是和尚的头了。县令看到这首诗觉得这诗跟和尚的样子很相配，哈哈大笑，之前的气也消了大半，打听后，知道是唐伯虎写的，便把和尚放了。

明诗

恨杀牧童鞭不起 笛声斜挂夕阳烟

——唐寅与友人联诗、改诗

　　唐伯虎最喜欢做的事情就是和朋友们坐在一起绘画赋诗,这种愉悦而高雅的游戏是他们最擅长的。有时他们像接龙一样联诗:

唐伯虎与祝枝山联句咏奇石

　　嵯峨怪石倚云间,抛掷于今定几年。

　　苔藓作毛因雨长,藤萝穿鼻任风牵。

　　从来不食溪边草,自古难耕陇上田。

　　恨杀牧童鞭不起,笛声斜挂夕阳烟。

　　联诗是指两个人及以上的人一人一句续接诗句,最后形成一首完整的作品。这种联诗既需要非常活跃的思维,同时也需要友人之间的默契。这首诗也有个小故事:唐、祝二人花天酒地,花钱如流水。这一天两人没钱可花,就假扮姑苏玄妙的道士来骗取钱财。他们声称是唐伯虎的好友,不是普通的道士,御史台里的小官就让他们以牛眠石为题,写一首诗,于是两人你一句我一句写成了这首诗,并且成功骗取五百两黄金,作花酒的资财。后来御史来到苏州去玄妙观瞻礼,却发现玄妙观依然破败,没有修葺的痕迹。御史找来县令询问原因,县令解释说:"前些日子唐伯虎和祝允明从扬州回来,说您要修复玄妙观,我们便把钱给他们了。"这时御史才恍然大悟,知道被那两个小子给骗了,

明诗

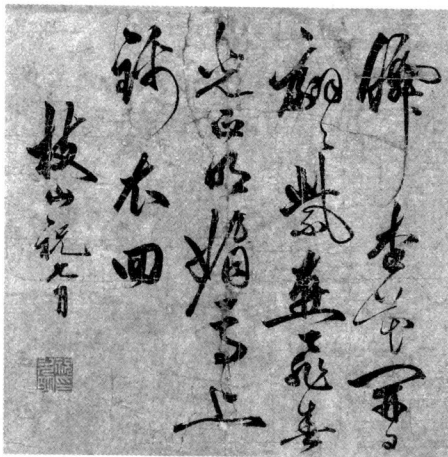

祝枝山书作

他被这一对有才的"活宝"弄得哭笑不得，但是怜惜他们的才气没有再追究。

　　这还不是他们做得最出格的事情，唐伯虎曾经和祝允明、张梦晋在雨雪中披着乞丐服沿街乞讨，他们边敲鼓边讨钱，讨到钱就买上酒到野外痛饮，还说："可惜这乐趣无法让李白知道。"

　　祝允明也很有才。一天他邀请朋友到家里观赏牡丹，他问众人什么颜色的花最好。一时众说纷纭，只有评花高手唐伯虎笑而不语。大家问他，他微笑着说："百无一是。"举座愕然，难道一样也没看上？祝允明却大笑说："自无一是。"众人更是不解，可是唐、祝两人却相视而笑。原来"百"字去掉一不是白吗？"自"字去掉一也是白。就是说，他们两人都觉得白牡丹最漂亮。

　　唐伯虎不拘小节，性情爽快，朋友很多，他还有位日本的好朋友叫彦九郎。在他要回日本的时候，唐伯虎为他写了一首诗送行，诗云：

赠日本友人彦九郎

　　萍踪两度到中华，归国凭将涉历夸。

　　剑佩丁年朝帝宸，星晨午夜拂仙槎。

　　骊歌送别三年客，鲸海遄征万里家。

　　此行倘有重来便，须折琅玕一朵花。

明诗

阳间地府俱相似　只当漂流在异乡

——唐寅《临终诗》

唐伯虎虽不拘礼法,但是他也有自己的底线,既然当年没能在会试中终拔得头筹,索性一生游戏山水,再不与政治有任何瓜葛。明宁王朱宸濠要反叛当皇帝,想培植自己的势力。当时唐伯虎非常有名,朱宸濠便把他接到身边,很优待他。聪明的唐伯虎看出了朱宸濠的意图,故意装疯卖傻,朱宸濠看他成不了气候便放他回家。这次他逃过一劫,没有死于非命。其实他对生死有着自己的理解,有诗为证:

临终诗

生在阳间有散场,死归地府也何妨。

阳间地府俱相似,只当漂流在异乡。

所谓生死有命,唐伯虎对死安然处之,把死看成是离家去他乡漂流。这种说法正好符合他的性格,洒脱不羁。

唐伯虎的一生可以衬得上"传奇"二字。他的一生经历了五十四年,然后一个人"漂流异乡"。祝允明为他写了挽诗:

再挽子畏

少日同怀天下奇,中年出世也曾期。

朱丝竹绝桐薪韵,黄土生埋玉树枝。

生老病余吾尚在,去来今际子先知。

当时欲印槌机事,可解中宵入梦思。

祝允明前两联写了他对唐伯虎命运不济,怀才不遇人生经历的感慨。后两联写他对唐伯虎的思念。祝允明比唐伯虎年纪要大十岁,对于这个与自己结交几十年的弟弟早于自己离开人世,他非常心痛。唐伯虎一生疯疯癫癫,但是祝允明知道唐伯虎的苦楚。

洒脱不羁

　　唐伯虎的诗虽然没有引领明代时尚,但是每首诗都是发自内心,抒写自己的真情实感。大概是因为他地处南方文学圈,更注重自己感受的表达,更加追求自由。他自己评价自己的诗写得不好,不精致。但实际上他的诗或浓丽,或清丽,都是率性而为。读他的诗、看他的一生,都会觉得他是生活在明代的"唐朝人"。他无拘无束,追求自由的生活,尽情享受自己的生命,活出自己的精彩。最后就以唐伯虎的一首具有"乞儿"味道的诗结尾,以窥其性情:

明诗

一世歌

人生七十古来稀,前除幼年后除老。

中间光阴不多时,又有炎霜与烦恼。

过了中秋月不明,过了清明花不好。

花前月下且高歌,急须满把金樽倒。

世人钱多赚不尽,朝里官多做不了。

官大钱多心转忧,落得自家头白早。

春夏秋冬弹指间,钟送黄昏鸡报晓。

请君细点眼前人,一年一度埋荒草。

草里高低多少坟,一年一半无人扫。

磋磨第愧无胚朴　请教空空一鄙民

——王艮《初谒文成公诗》

王艮

明代心学兴盛,大家都知道心学大家王阳明,但是对心学派别的分布可能不是很熟悉。其实,心学有很多分支,其中泰州学派的创始人就是王艮。之所以专门讲王艮是因为他的成名路非常传奇,而且他对心学的发展做出了突出贡献。王艮生于明成化十九年(1483年),卒于嘉靖十九年(1541年),泰州安丰场(今江苏东台)人。开始名叫银,王阳明替他改名为艮,字汝止,号心斋。王艮家是做盐生意的,他小时候跟随家人烧盐。当时烧盐还有个好听的名字叫煮海,但这是一种非常艰辛的工作。王艮家非常贫困,没钱上学,家人还指望他赚钱维持生计。可以想象一个黑瘦的孩子拿着柴火,烧一口比他都大的锅的景象。谁都没有想到将来有一天这个苦孩子会成为有明一代著名的哲学家、诗人、文学家。

实际上只有王艮自己知道,烧盐一定不是他毕生的事业,尤其在拜谒了山东孔庙之后,他对此更是确信不疑。站在孔庙里,王艮问自己:"孔夫子是人,我也是人,圣人是可以通过学习达到的呀。"于是他开始诵读诗书和先秦文章。此时明代已经到了中叶,此前除了朱元璋、朱棣等几个皇帝还有些作为以外,其他几个皇帝少有可被称道的地方。皇帝世袭制的巨大缺陷,容易造成一个没有才德的人管理一个广袤的国家的危险。到了明代中叶,程朱理学越发僵化,人们的信仰发生危机。于是在传统儒学之外,出现了具有鲜明个性的"新新人类"。这些人有着广阔的心胸和与世俗格格不入的思想。甚至有些人会自负地觉得自己就是人间的救世英雄,即所谓"穷则独善其身,达则兼济天下"。

传说王艮就做过一个梦:天掉下来了,人们奔走哭号,不知所措。王艮振臂

明诗

托起了塌陷的天,还把日月星辰一一摆正了位置。俗话说"天塌下来还有高个顶着呢",在梦境中,王艮就是天下最高个。他力挽狂澜,充当了"救世主"的角色。虽不知这梦是他弟子炒作造势,还是他果真就做过这样的梦,总之,他有着不一般的人生追求。

王艮近四十岁的时候不仅通过自学颇富才华,而且因为善于经商,家里已经非常富裕。因此他远赴江西,拜王阳明为师。当然,不是什么人想拜王阳明为师都能成功,于是王艮走了一条不寻常的路:他身穿黑色长褂儿,头上顶着个纸糊的帽子,帽子上写着"仁义礼智信",然后雄赳赳气昂昂地走到王阳明宅子门前,呼喊看门人,说要见王阳明。门人不搭理他,他就写了两首诗:

初谒文成公诗二首

其 一

孤陋愚蒙住海滨,依书践履自家新。
谁知日日加新力,不觉腔中浑是春。

其 二

闻得坤方布此春,告违艮地乞斯真。
归仁不惮三千里,立志惟希一等人。
去取专心循上帝,从违有命任诸君。
磋磨第愧无胚朴,请教空空一鄙民。

第一首诗讲自己是边陲小民,孤陋寡闻,但是愿意学习,只是日日自学,因为没人提点而不知道理就在心中。第二首诗说知道您有经天纬地的才华,是一等一的哲学大师,希望您能点化我这个从远方来的愚钝而学识浅陋的人。

王阳明看到呈上来的诗便让人把王艮请进府。他当然也看到了他那一身独特的装扮。王阳明还是比较传统的,而且古人是不喜欢过于高调的穿着,一般都讲究含蓄、内敛。所以王阳明便问他:"你戴的是什么帽子?"王艮回答说:"有虞氏冠。"有虞氏,是中国古代五帝之一舜帝的部落名称。有虞氏部落的始祖是虞幕,这个部落信奉一种仁兽"驺虞",并将之奉为图腾。舜为虞幕的后裔,后来成为有虞氏部落首领,受尧帝禅让,登帝位。听说在有虞氏的时候,犯罪的

明诗

舜　帝

人都被穿上画有特别图形标志的衣服（标志为罪人）来侮辱他，于是人们都不敢犯罪。也就是说，当时对犯人的惩罚是从精神上、心理上的一种惩罚和教育，而并不是肉体上的囚禁和折磨。现在王艮戴着有虞氏的帽子，就是表示他很崇尚心灵、精神救赎法。王阳明又问他："你穿的是什么衣服？"回答说："老莱子服。"老莱子（约公元前599—公元前479年），春秋晚期著名思想家，"道家"创始人之一。同时老莱子还是中国历史上著名的孝子。老莱子72岁时，为了使父母快乐，还经常穿着彩衣，作婴儿的动作以取悦双亲。后人以"老莱衣"比喻对老人的孝顺。唐代诗人孟浩然曾作诗曰："明朝拜嘉庆，须著老莱衣。"王阳明自然知道老莱子，但是还是问他："为什么穿这种衣服呢？"王艮说："表示对父母的孝心。"王阳明笑了，说："你的孝心日夜都有吗？"王艮脱口而出："当然。"王阳明看了看他，淡淡地说："既然你认为这衣服就是对父母孝心的表现，如果你晚上脱掉它，你的孝心怎么能日夜都有？"王艮马上反驳说："我的孝心自然是在心里，怎么能是衣服表现得了的呢。"王阳明"哦"了一声，说："那你干什么把自己打扮成这样呢？"王艮话没说完，就顺服地拜了拜王阳明说："敬听您的教诲。"

明诗

而今只有良知在　没有良知之外知

——王艮的心学创新

　　王艮是一个很傲气的人，在拜师期间，多次和王阳明对同一问题产生争论，而且王阳明无法说服他。他坚持己见，有自己的独特理解。王艮最钦佩王阳明的就是"致良知"的理论。那什么是"致良知"呢？它语出《孟子·尽心上》："人之所不学而能者，其良能也，所不虑而知者，其良知也。"《大学》里也有"致知在格物"语。王阳明认为，"致知"就是致我最内在的、心中的良知。这里所说的"良知"，既是道德意识，也指最高本体。他认为，良知人人都有，个个自足，是一种不借助外力的内在力量，是自然生成的。"致良知"就是将良知推广扩充到万事万物，也就是知行合一。"良知"是"知是知非"的"知"，"致"是在事物上的磨炼，最后映证于客观实际。但是王艮发展了这个观点，认为达到良知不需要"致"这一步，因为良知生来具有，只是人们没有发觉而已，所以需要顿悟。可见他和王阳明对良知的认知还是有着差异的。有诗云：

次文成答人问良知

　　知得良知却是谁，良知原有不须知。
　　而今只有良知在，没有良知之外知。

　　他和王阳明有很多交流，他还给王阳明写了一首诗，表达了他对于哲学的喜爱，把哲学作为他的毕生追求，而且乐在其中。

除夕次文成韵

　　此道虽贫乐有余，还知天地似吾庐。
　　东西南北随吾往，春夏秋冬任彼除。
　　浑沌一元无内外，大明万世有终初。
　　云行雨施风雷动，辟阖乾坤振此居。

讲 学

很快,特立独行的王艮在阳明心学的基础上形成了自己的心学。他一副奇特的行头,到处讲学,这也引起了王阳明的不快。王艮拒绝步入仕途,他认为,他讲心学可以让更多人弃恶从善,善人多了,国家的统治自然就稳固了。他相信自己的做法比做官更能为百姓、为国家做贡献。或许是因为他出身贫民,他的学生也大多是普通百姓,所以他提出了"百姓日用即道"的观点,也就是说视、听、说等一切人们的行为都是有道的。这就促进了哲学的大众化。

《论语》有云:"学而时习之,不亦说乎。"在很多人看来,达到"乐学"是很有难度的,但王艮却认为这是很简单的事,他还写了一首《乐学歌》:

乐学歌

　　人心本自乐,自将私欲缚。私欲一萌时,良知还自觉。一觉便消除,人心依旧乐。乐是乐此学,学是学此乐。不乐不是学,不学不是乐。乐便然后学,学便然后乐。乐是学,学是乐。呜呼!天下之乐,何如此学?天下之学,何如此乐。

这首看似绕口令的歌实际上包含着王艮的心学理论"良知"。他的老师王阳明提出的是"致良知"。而他认为"良知"就在每个人的心里,这里的学习其实是良知的觉醒,因为乐所以学,因为懂得乐所以学得快乐,乐与学天然相伴。

明诗

都道苍苍者是天　岂知天只在身边

——王艮《咏天下江山一览赠友》

王艮还受佛禅影响，讲究"顿悟"。他认为一切万物真理都由心生，能顿悟内心隐藏的良知，就是智慧。有诗云：

咏天下江山一览赠友

都道苍苍者是天，岂知天只在身边。

果能会得如斯语，无处无时不是天。

这里的"天"不是我们普通意义上所指的自然的天，而是人心良知。它可以影响人心，也可以把握自然之天。天就在身边，但是需要人去感知、顿悟，顿悟了，人性就自觉了。他总把良知比喻为很多事物，让抽象的概念变成形象的事物，好让平凡的人能真正感知良知。上一首他把良知比作天，下一首又比作江水的源头：

真机活泼一春江，变化鱼龙自此江。

惟有源头来活水，始知千古不磨江。

诗中所谓源头活水就是良知，它源源不断，才有千古变幻之事。活的良知让人们的生活也是鲜活的，不至于一成不变，给人带来生机和活力。所以他做了这样的诗：

瑞气腾腾宝韫山，如求珍宝必等山。

无心于宝自然得，才着丝毫便隔山。

这"宝",自然还是"良知",想要得到这个宝不能刻意追求,而是无心索求,从而瞬间顿悟。最后,王艮又把实在的"良知"变得含蓄,把它比作"一",只要顿悟,感受到良知,那么你就从一个普通人变成了一个圣人。他写诗说:

> 茫茫何处寻吾一,万化流形宣著一。
> 得一自然常惺惺,便为天下人第一。
> 千书万卷茫茫览,不如只在一处览。
> 灵根才动彩霞飞,天阳一出天地览。

在他看来,任何人只要修心、感良知都可以成为圣人。这也是他个人成长的真实历程,他的哲学基础来源于王阳明,但是他对哲学的感知和升华却来源于他的生活。这也是为什么他从街上回来后,王阳明问他:"你看到了什么,有什么感悟?"他回答说:"我看到满街都是圣人。"到了晚年,王艮他对自己的思想进行了总结,写成了《大成歌》:

大成歌(寄罗念庵)

十年之前君病时,扶危相见为相知。十年之后我亦病,君期枉顾亦如之。始终感应如一日,与人为善谁同之?尧舜之为乃如此,刍荛询及复奚疑?我将大成学印证,随言随悟随时跻。只此心中便是圣,说此与人便是师。至易至简至快乐,至尊至宝至清奇。随大随小随我学,随时随处随人师。掌握乾坤大主宰,包罗天地真良知。自古英雄谁能比? 开辟以来惟仲尼。仲尼之后微孟子,孟子之后又谁知? 广居正路致知学,随语斯人随知觉。自此以往又如何? 吾侪同乐同高歌。随得斯人继斯道,太平万世还多多。我说道心中和,原来个个都中和。我说道心中正,原来个个心中自中正。常将中正觉斯人,便是当时大成圣。自此以往又如何? 清风明月同高歌。同得斯人说斯道,大明万世还多多。

王艮从一个烧盐的小苦力,奋斗成一个平民哲学家,成为继承发展阳明心学的一支重要力量。他以他独特的行为和思想促进了中国古代哲学的发展。虽然他的一些理论最后导致了人性私欲的膨胀,但这是他始料未及的,他只是希望通过自己的努力在哲学、伦理、教育、政治等方面做出一番贡献,同时实现自己的人生价值。

明 诗

梦觉难分列御寇　影形相赠晋诗人

——杨慎少年机敏

临江仙·滚滚长江东逝水

滚滚长江东逝水,浪花淘尽英雄。是非成败转头空,青山依旧在,几度夕阳红。白发渔樵江渚上,惯看秋月春风。一壶浊酒喜相逢,古今多少事,都付笑谈中。

诗曰:前人创业非容易,后代无贤总是空。

回首汉陵和楚庙,一般潇洒月明中。

词曰:落日西飞滚滚,大江东去滔滔。夜来今日又明朝,蓦地青春过了。　千古风流人物,一时多少英豪。龙争虎斗漫劬劳,落得一场谈笑。

单单讲出这首词的名字可能并不为人所知,但是一看内容,大家耳边都会响起央视版电视剧《三国演义》主题曲。那苍茫深沉的声音摄人心魄,并且和《三国》的剧情相得益彰。这首词的作者就是明代的杨慎。

明诗

杨 慎

杨慎(1488—1559年),杨廷和之子,字用修,号升庵,新都(今属四川)人。上词本来是杨慎所作《廿一史弹词》第三段《说秦汉》的开场白,后来毛宗岗父子评刻《三国演义》的时候,觉得这段写得很好,就将它放在卷首。变成今天的流行歌曲后,前面的部分更是广为流传。这首词包含了多种感情,像一个老者给我们讲述人生的道理。他说这人世间那滔滔江水淘洗着历史,车轮滚滚前行,时光飞逝,谁能阻挡时光的流逝,谁能永葆建下的基业永不倾塌?可是英雄气魄难折,不甘心顺其自然,在飞逝的时光中,留下了璀璨的痕迹。词中有一个隐含的人物就是作者自己,他像一个智者,看着这纷繁的世界,他既懂宇宙的广袤永恒,也懂人生的短暂渺小,在英雄们忙得不可开交的时候他闲看风月,配上一壶浊酒,留下了自己淡薄高雅的形象。全词意境宏阔,充满人生智慧,有一种超脱的境界,所以能大彻大悟。

杨慎之所以能写出这样名垂千古的篇章并不稀奇。据说在他7岁的时候,母亲就教他唐绝句,杨慎非常聪颖,看一遍就能背诵。11岁的时候作近体诗,其中有一句"一盏孤灯照玉堂",他的父亲杨廷和见了,不知道是该乐还是该恼。因为句子好倒是好,就是小小年纪就想到孤灯这个寂寥的意象,与年龄不匹配。古人认为一些文字可以预示着这个人未来的人生。这句诗恰好是他一生的写照:玉堂之华美暗喻杨慎出身名门,生命中有着常人难及的辉煌,但孤灯明灭,顾影自怜,却预示着他后来一身去国、独贬南荒的命运。

杨慎人生的前半段确实很顺畅。他出身名门,父亲是当朝宰相。再加上他本身就很聪慧,资质很高,有神童的名号。12岁的时候就能拟作《吊古战场文》,其中有一句"青楼断红粉之魂,白日照翠苔之骨"。小小年纪就能写出这样警醒世人的语言,实在是个人才。他的叔叔看到之后非常欣赏,又令他拟写《过秦论》,他的爷爷看了他作的《拟过秦论》后,欣慰地拍着小杨慎的头说:"我家也有贾谊了。"

有一天杨慎的父亲和他的叔叔们观画,就问杨慎:"人们看到美丽的景色都说美得像画一样;画好,人们又常说画得跟真的似的,你说他们谁说得对?"这基本上可以算是一个哲学问题,要回答出来就已经很难,但杨廷和却还要增加难度,要求儿子用一首诗来表达自己的见解。面对这么"过分"的要求,杨慎也皱了眉头,但是他思索了一会儿吟道:

> 会心山水真如画,名手丹青画似真。
> 梦觉难分列御寇,影形相赠晋诗人。

杨慎觉得画和真景就像梦觉、形影一样是难以分辨,也不可分割。他用旧题战国列御寇所撰的《列子》一书中的一个樵夫打死一只鹿,并将鹿隐藏起来,但是后来寻找却没有鹿的丝毫痕迹,从而怀疑自己不知是在现实还是在梦境中打死了鹿的故事,以及陶渊明的《形影神赠答诗》来巧妙地回答了父亲提出的问

题。似真似幻，真真假假，假假真真，没有对与错。他的巧妙回答得到了父亲的赞赏。

咏马嵬坡

凤辇匆匆下九天，马嵬西去路三千。

渔阳鼙鼓烟尘里，蜀栈铃声夜雨边。

方士游魂招不返，词人长恨曲空传。

蛾眉尚有高丘在，战骨潼关更可怜。

杨贵妃之死

历来写杨贵妃的诗不在少数。这一年杨慎只有14岁，在随父亲进京的路上，他亲睹民生疾苦，有感而发，写下了这首足以和"马嵬坡"名篇相媲美的诗篇。到了京城，他的大作被大家传诵。他的《黄叶诗》受到文坛盟主李东阳的赞赏，并主动求要做杨慎的老师，而且还以朋友的身份对待他，亲昵地称他为"小友"。很快他的名声大震，被视为将来科举高第的"未来之星"。

人们常说，出名要趁早。杨慎在五六岁时，就因为一件小事在家乡出了名。四川的夏天异常炎热，小杨慎忍受不了酷暑，每天都去池塘里游泳解热。这一天，他刚脱了衣服跳到水里，还来不及畅快地游一番，就听见官府小吏为大人开道的声音。按照规矩，县老爷来了要肃静，穿戴要整齐，然后垂首立在道路边上。可杨慎没搭理他，作无视状。这可把小吏给气到了。小吏马上禀告县令，说外面有个不知好歹的小子，见县官老爷来了，还光着腚。县官听后很生气，认为简直太不把他放在眼里了。小吏作势要抓杨慎，杨慎看情况不对，一叉腰，带着几分稚气呵斥道："你们想干什么，少爷我洗澡犯天条了？"县令一听，这小孩儿临危不惧，有气魄，看着是大户人家的孩子。县令脑子一转，想到这孩子难道是杨大人家的公子，于是赶紧制止衙差。他把杨慎的小衣服挂到路边的树上，说："我出个对子，你要是能对上来，我就把衣服还给你。"县令开口说："千年古树为衣架。"杨慎脱口回道："万里长江作浴盆。"县令听后更确定他就是杨廷和的公子，这气魄，真是神童呀。

杨慎21岁的时候参加了科考，据说考完后，试卷已经被选为优等。但是好事多磨,他的卷子被油灯引燃,因为这场意外杨慎落榜了。遇到这件事,实在太倒霉了,但是杨慎心理素质好得很,在大家都觉得很可惜时,杨慎却默默地接受了现实,准备再次参加科考。他的才学是不可能被一次意外淹没的,三年后他考中状元,完成了他人生第一次华丽转身,在当时被奉为传奇。杨慎顺利地开始了他的政治生活,当然也开始了命运的逆流。

从政后的杨慎和他父辈的朋友还保持着很好的关系,尤其和李东阳交往非常密切。杨慎可谓多才多艺,在年少时就非常爱好琵琶,经常进行自我创作。考上进士后仍然坚持自己的爱好。夏天月圆之日,便绾上两个髻,半臂披着单纱,与两三个要好的朋友带着酒坐在西长安街上,边饮酒边唱歌弹琵琶,一直到天亮。有一次李东阳上早朝正好经过了那里,听到了如同天籁的琵琶声,就派人去询问,知道是杨慎几人的特殊夜生活正在进行时,于是下轿参观。杨慎看到亦师亦友的李东阳便举杯邀请,说:"上朝还早,先生如不急,我愿为先生再弹一曲。"一曲过后两人一起上朝去了。下朝后,他去拜见自己的父亲和李东阳。李东阳说:"你的风采韵味已经可以流传千古了,何必还要在大半夜打扮成弹琵琶的艺人来显示自己的才华呢?"从此北京月夜再也听不到杨慎的琵琶声了。

紫塞朝朝烽火　青楼夜夜弦歌

——杨慎《西江月》

　　杨慎的仕途非常坎坷艰辛。他为人正直，不畏权势。明武宗朱厚照不顾朝政，终日荒淫无度。面对这样一个皇帝，杨慎不顾自己的安危，敢于犯颜直谏，呈上《丁丑封事》，指责朱厚照"轻举妄动，非事而游"，劝他停止这种荒唐行为。朱厚照根本不理睬，依然在歌楼妓院里通宵酣饮，过着灯红酒绿、纸醉金迷的糜烂生活。杨慎无法忍受这样一个不作为的皇帝，于是写下：

西江月

西江月

　　紫塞朝朝烽火，青楼夜夜弦歌。

　　一天明月雁声多，带得边愁无那。

　　云阙九重阊阖，家山万里岷峨。

　　独愁乡思两蹉跎，梁甫狂吟谁和。

　　后来武宗驾崩，武宗一生亲近过的女人难以计数，却没有生下任何儿女。因此，他这一死，便没有法定的子嗣来继承皇位。按规定，必须在武宗近支的宗藩里寻找一位"皇子"来继承皇位，主持这项工作的便是首辅杨廷和。后来朱厚

明诗

熄在杨廷和的帮助登上皇位。但是朱厚熄一心想要改父亲兴献王的封谥"本生皇考兴献帝"为"恭穆皇帝",这是有违礼法的事。本来是他堂哥传位给他,他的父亲怎么能称为皇帝呢？嘉靖帝与杨廷和等朝臣在商讨其父兴献王尊号的问题上发生争论,史称"议大礼"之争。杨慎带领一百多个官员跪在大殿外抗议皇上的决定,结果嘉靖帝不为所动。杨慎又开始哭着诉说祖宗的礼法,其他人也跟着一起哭,但嘉靖帝坚决不肯让步。他15岁登基,现在已经成长为一个很强硬的男人,他下令将所有伏跪请愿的官员下锦衣卫大狱。两日后,皇帝下旨廷杖杨慎等一百多人。几天后,余怒未消的嘉靖帝下令将杨慎等人二次廷杖。这次"议大礼"之争中,共有十几名官员死于酷刑之下,一百多人被贬职废黜,杨慎等人被贬充军,永不可赦。

杨慎被放逐边疆,心情跌落到谷底。王世贞在《艺苑卮言》中记录了这样一件事情:杨慎被贬到滇南的时候,当地的权贵显达非常想得到杨慎亲手写的诗,再加上杨慎的书法也很有名,大家都想求得墨宝。但是被贬的杨慎性情却很奇特,他虽落难,却是一个连皇上都敢惹的胆大包天的人,怎么会轻易答应他人的请求呢。于是这些人就让妓女穿上精白的绫衣,来求墨宝。这时杨慎就会欣然要上笔墨,喝上几杯酒,挥毫泼墨,酣畅淋漓,还大方地赏赐妓女。他甚至在醉酒之后,梳起发髻插上花,抱着妓女在大街上游走,边走边唱。

杨慎确实是个风流才子,他有一首描写佳人的诗非常出名:

素　馨

金碧佳人堕马妆,鹧鸪林里采秋芳。
穿花贯缕盘香雪,曾把风流恼陆郎。

明诗

诗中的"陆郎"指的是陆贾。陆贾在他的作品中曾经纪录南中(云南、贵州、四川一带)盛产鲜花,但是其中素馨花香得酷烈,这里的女子经常将丝线串联素馨花缠绕到发髻上做装饰。这个风俗一直保持着,杨慎便有"穿花贯缕盘香雪"的诗句来写佳人。后来杨慎的好友说:"陆贾的风流案,到你这里发扬光大了。"但是杨慎原本并不是一个放浪形骸的风流才子,他的风流与唐伯虎有所不同。在饱受政治挫折之后,杨慎需要一个发泄的途径,需要一些特立独行来抚慰他失落的心。

却羡多情沙上鸟　双飞双宿河洲

——杨慎与夫人之离愁

上帝为你关上一扇门,也一定会为你打开一扇窗。杨慎仕途艰辛,但爱情生活却无比温馨。他的夫人黄娥是一名才女,两人在生活中相亲相爱,互相体贴。他们经常在湖边上散步,诗文唱和。黄娥知书达理,婚后不久就劝说丈夫尽快到京城复官。虽然心中有万分不舍,但是,关系到丈夫的前程,不敢过多沉醉在儿女感情中。这时的杨慎正处在人生的上升期,夫妻间更是情浓意浓,黄娥希望丈夫能够在仕途上取得更大的成就。然而杨慎为人耿直,仗义执言,触怒了皇上,因"议大礼"事件被贬滇南。黄娥听到这一不幸消息后,毫无怨言,她体谅丈夫的心境,支持丈夫的想法,对丈夫的处境充满担忧和不安。她甚至不畏道路艰险,气候恶劣,千里送夫到云南。终于在一个天寒地冻的夜晚,夫妻两

闺　怨

个来到了一个驿站门口,此时的杨慎形容枯槁,而妻子为一介女子,风尘满面,步履蹒跚。杨慎握着夫人已不细腻的双手含泪劝阻妻子,希望黄娥能够回四川老家,代替他侍奉双亲,实际上杨慎是不想让妻子再和他颠簸下去。离别在即,夫妻含泪依依不舍,杨慎以泪和墨,写下了:

临江仙戍云南江陵别内

楚塞巴山横渡口,行人莫上江楼。征骖去棹两悠悠。相看临远水,独自上孤舟。

却羡多情沙上鸟,双飞双宿河洲。今宵明月为谁留? 团团清影好,偏照别离愁。

楚塞巴山

黄娥读罢,悲痛欲绝。此情此景,纵有万语千言,也不知从何说起。无言胜有言,两情脉脉,执手相看泪眼,二人无奈而别。在回去的路上想到丈夫悲苦的遭遇,黄娥柔肠寸断,为此汇成了《罗江怨·闺情》四首,其一云:

罗江怨·闺情

空庭月影斜,东方既白。金鸡惊散枕边蝶。长亭十里,唱阳关也,相思相见何年月? 泪流襟边血,愁穿心上结,鸳鸯被冷雕鞍热。

黄峨追忆了她与丈夫惜别的情境,感慨万千。她听从丈夫的劝说回到四川之后,对丈夫的思念与日俱增,而且将这种思念化作一首首望夫诗:

寄 外

雁飞曾不到衡阳,锦字何由寄永昌?
三春花柳妾薄命,六诏风烟君断肠。
日归日归愁岁暮,其雨其雨怨朝阳。
相闻空有刀环约,何日金鸡下夜郎?

此诗在凄苦中透射出六朝诗的华美和艳丽。诗人与丈夫相隔千里,在一次次盼望丈夫书信和回归中饱受失望的煎熬。在诗人希望和失望的背后掩藏的是夫妻深情,他们的感情在磨难中就像磐石芦苇一样刚柔相合,历久弥坚。黄娥曾千里跋涉,探望杨慎,陪伴他两年。后来黄娥受丈夫嘱托,回四川照顾公婆。杨慎父亲去世后,两人在悲痛中又有了一次短暂的相会,分别时则又是一次肝肠寸断。此后,他们分多聚少,在望眼欲穿中,叹息命运的无奈,为此黄峨只能自我安慰:

寄升庵

懒把音书寄日边,别离经岁又经年。
郎君自是无归计,何处青山不杜鹃!

安得仙人缩地法　宝井移在长安街
——杨慎《宝井篇》

　　嘉靖皇帝时常问及杨慎的现状,当他得知杨慎生活潦倒就很开心。为了让皇帝开心,杨慎也经常表现出一副放诞的模样。可是处江湖之远的杨慎依然对朝政很关心,此时已不再居庙堂之高的他依然"忧其民"。杨慎好友张含目睹朝廷开采宝石之祸,边民应役之苦,役夫出入烟瘴,极尽道路之险,没有生命保障。对此张含深表同情,于是写下了《宝石谣》以刺弊政。杨慎看后,写下了《宝井篇》,揭露朝廷开采矿石,殃及边民的罪行:

宝井篇

　　彩石光珠从古重,窈窕繁华争玩弄。岂知两片弱云鬟,戴却九夷重译贡。宝井曾闻道路赊,蛇风蜃雨极天涯。驰传千群随纸鹞,披图万里逐轻车。君不见,永昌城南宝井路,七里亭前碗水铺,情知死别少生还,妻子爷娘泣相诉。川长不闻遥哭声,但见黄沙起金雾。潞江八弯瘴气多,黄草坝邻猛虎坡。编茅打野甘蔗寨,崩碛浮沙囊转河。说有南牙山更恶,髡头漆齿号蛮莫。光挠戛磴与孟连,哑瘴须臾无救药。莫勒江傍多地羊,队队行行入帐房。红藤缠足髺发女,金叶填牙缅甸王。回首滇云已万里,宝井前瞻犹望洋。紫刺硬红千镒价,真赝入眼无高下。得宝归来似更生,吊影惊魂梦犹怕。吾闻昆仑之山玉抵鹊,庆卿之池金掷鼍,安得仙人缩地法,宝井移在长安街!

　　诗中所说的密土司,即现在的缅甸,那里盛产宝石。明政府想通过宝石来充盈国库,于是大面积开采,其中的暴利让很多官员都想从中捞一桶金。宝石的开采需要很多人力,于是官衙就加重当地百姓的劳役。政府官员和一些商人获得了利益,可是百姓却要过鬻男贩妇的日子。当地的资源并没有使百姓致富,反而将一座座宝石山一车车拉到京师,留给当地的却只有贫穷。杨慎虽被贬却心系民生,批评政府无人道。

天气常如二三月 花枝不断四时春

——杨慎笔下的滇地风情

既然已经来到云南,杨慎经过最初的心理排斥期之后便开始游览云南,观察这里的风土人情、自然景观,还留下诗篇,为我们了解当时云南的人文和自然状况提供了很好的资料。他的《滇海曲》系列共十二首,其中有写人文建筑的:

其 一

梁王阁榭水中央,乌鹊双星带五潢。

跨海虹桥三十里,广寒宫殿夜飘香。

这首诗介绍了昆明城内梁王宫殿宏伟的建筑,亭台阁楼星罗棋布,与滇池相映照,有如天河一般美丽,而水阁在清冷的秋季,就像月亮上的广寒宫。

还有写云南的珍奇异宝和宗教流传的:

明 诗

其 五

沙金海贝出西荒,桃竹橦华贡上方。

香象渡河来佛子,白狼槃木拜夷王。

贝 壳

据记载,南中永昌产"金沙银砾",也就是说这里有富饶的金属矿产。而大家都知道我们的汉字中跟钱财有关的字经常会出现"贝"字旁,比如"财""货""贿"。这是因为在古代的时候贝壳曾经有过货币的职责,它和铜钱、金银一样可以买卖东西。中国贝壳的使用要追溯到远古时期,那时美丽的小贝壳是人们的装饰品,大家都很喜欢,于是就成了有价值的东西,慢慢地演化成了货币。到了明清时期就只有边远地区,如云南,还用贝壳来做货币。这是云南的风俗习惯,也可以看出在当时中国就有发展不均衡的现象。而"桃竹""橦华"指的是云南特殊的植物。桃竹,又称桃枝,它的叶如棕、身如竹。据苏轼说,它实心多节,可以做拐杖。橦华就是木棉,又叫班枝花,树子破壳,有洁白絮状物体,可以织布。"香象"是佛教圣物,杨慎在这里说佛教是从云南传入的。而"白狼槃木"是云南的少数民族部落。

还有介绍云南自然环境和气候特点的:

其 十

苹香波暖泛云津,渔柑樵歌曲水滨。

天气常如二三月,花枝不断四时春。

从这首诗可见云南多水,渔业发达,四季如春,一年花香四溢。据记载,云南六月的天气如同中秋,清爽怡人;严冬时,虽然雪漫山原,但寒冷并不会刺激皮肤,不用围着火炉,也不用穿很厚的衣服。奇花异树,温泉随处,岩洞奇绝,比比皆是。不知现在的云南是否还像杨慎笔下的滇地那样美丽。杨慎的足迹遍布云南,这一段人生经历让杨慎的学识变得更加渊博。他不仅对经、史、诗、文造诣很深,对天文、地理、历法、艺术、语言、医学、金石乃至草、木、虫、鱼等许多方面皆有建树。他描绘云南、赞美云南,云南成为杨慎的第二故乡。

我诵绵州歌　思乡心独苦

——杨慎之思乡诗

杨慎虽被流放,但是鉴于他的才名,云南地方官对他很照顾,可以省亲。杨慎第一次回四川是因为父亲病重。因归乡心切,所以杨慎选择了近道,经过昭通。但这条小路水道非常艰险,山路更加难行,有诗为证:

乌蒙铺

绝壁千重树万里,琼林锦石带丹枫。

何僧肯住悬岩寺,虎啸猿啼夜半钟。

其实杨慎的流放生活也不无乐趣,他可以游山玩水,可以种花醉酒,可以伴狂狎妓,可以寻友访胜。他最痛苦的是不能经常与家人团聚,他最气愤的是自己的一片忠心,却遭到如此不公正的待遇。

他以一个文人的敏感,以一个旅客的眼光感知并打量着这片"第二故乡",他喜欢这个淳朴的地方,但是更加怀念亲人。他的大部分作品都反映了他思乡之情,其中有一首诗非常特别:

送余学官归罗江

豆子山,打瓦鼓。阳坪关,撒白雨。白雨下,娶龙女。织得绢,二丈五。一半属罗江,一半属玄武。我诵绵州歌,思乡心独苦。送君归,罗江浦。

这个余学官是四川罗江人,现在要回归故里,杨慎一直把他送到很远的地方。其实,杨慎内心深处是多么希望自己也可以同行。看着余学官消失在视线里,杨慎独自一个人返回住所,独自品尝离家的孤寂。

临江送别

在云南期间，杨慎多次生重病。尤其是在晚年，没有家人照料，为此杨慎多次上书请求归乡。按照当时的刑律，年龄在七十以上有病在身的在外服刑人员，可以回乡，由当地政府进行监管。但是嘉靖皇帝对杨慎的愤怒还没消散，他想通过继续折磨杨慎获得内心的一丝快慰，所以不同意杨慎归乡，有意让他老死异地。这让杨慎非常苦闷，他只能用诗抒发自己的痛苦：

六月十四日病中感怀

七十余生已白头，明明律例许归休。

归休已作巴江叟，重到翻为滇海囚。

迁谪本非明主意，网罗巧中细人谋。

故园先陇痴儿女，泉下伤心也泪流！

实际上嘉靖十五年曾诏赦天下，可是唯独对被流放在云南的杨慎不给予宽恕。由此杨慎就已经预感到嘉靖皇帝不会放过他，为此，他自比宫中的弃妃，怨恨君王无情，写下了《梦中作宫词》：

梦中作宫词

长信宫中夜未央，班姬团扇画秦王。

三更云屋西风起，翠粲红罗满玉霜。

杨慎以班姬自比，班姬画扇，未忘情于皇上，又怨恨皇上寡恩，虽然自己明艳美貌，装饰璀璨，但是因为没有皇帝的垂怜而使深宫显得更加冷清。

明

诗

· 119 ·

中原回首逾万里　怀古思归何恨情

——杨慎与友人之情

　　嘉靖皇帝对杨慎怀有如此深重的怨恨，其实是很难让人理解的。毕竟在他登上皇位的斗争中，杨慎的父亲杨廷和功不可没。杨慎还做过嘉靖皇帝的老师，对他倒是很严厉。难道是因嘉靖帝在青春叛逆期实在无法与杨慎相处，还是他江山坐稳就杀功臣，这些我们都不得而知，只知道，杨慎在生命的尽头，遭受了身体和心理的双重折磨。他曾经写过绝笔信，感觉自己不久人事：

病中永诀李张唐三公

魑魅御客八千里，羲皇上人四十年。

怨诽不学离骚侣，正葩仍为风雅仙。

知我罪我春秋笔，今吾故吾逍遥篇。

中溪半谷池南叟，此意非公谁与传。

　　题目中提到的"张"是杨慎的好友张含。两人的父亲就是很好的朋友，两人结缘也是父辈们介绍的。杨慎小张含九岁，两人曾经在南京成立"明诗堂"，一起切磋学习。在杨慎春风得意的时候，张含并不羡慕杨慎仕途的通达；当杨慎不幸遭贬，张含多次劝慰和鼓励杨慎。

　　张含在其《丙寅除夕简杨用修》中写：

征途易老百年身，底事光阴改换频。

子美生涯浑烂醉，叔伦寥落又逢春。

诗魂豪荡不见捉，乡梦渺茫何是真。

独把一杯饯残岁，尽情灯火伴愁人。

明
诗

杨慎在《答张禺山》诗写:

其 一

> 江海喜相遇,烟霜悲长年。
> 豪华如梦里,憔悴阿谁边。
> 天地赌一掷,风雷惊四筵。
> 虚名身外事,且作饮中仙。

正是张含对杨慎的真情关怀,让杨慎有了倾诉的对象,满腹的激愤之语说给好友又何妨呢?他们以李白杜甫自况,以写诗作为平生追求,互相勉励,结成一辈子的好友。

而且杨慎在流放期间还受到张含父亲张志淳的帮助,后来张含与杨慎这对青年在永昌得以重聚,两人把酒畅谈,联诗作对。嘉靖十二年,杨慎应大理诗人、学者李元阳(即《病中永诀李张唐三公》中的"李")的邀请,赴大理游览。从大理返回永昌时,张含在霁虹桥上迎接杨慎,饮酒赋诗。并将杨慎遣戍永昌,途经霁虹桥时所写的七律《兰津桥》刻于桥头悬壁之上以示纪念:

兰津桥

> 织铁悬梯飞步惊,独立缥缈青霄平。
> 腾蛇游雾瘴气恶,孔雀饮江烟濑清。
> 兰津南渡哀牢国,蒲塞西连诸葛营。
> 中原回首逾万里,怀古思归何恨情。

兰津桥下面流淌的就是有名的澜沧江。桥面由铁索相连,走到上面,真是步步惊心呀。杨慎身历困境,触景生情,直抒胸臆,他看着飘缈的山峰,腾空的瘴气,野生的孔雀,回望自己走过的漫漫长路,道出了自己满腔的愤慨之情。张含看到好友诗歌如此雄浑缊藉而又工致天然,慨叹好友身曾流放,充军炎荒,内心也是波涛翻涌,为了给杨慎心灵的慰藉,也为了记录两人弥足珍贵的友情,张含也题了一首《兰津渡》刻于悬壁:

明
诗

兰津渡

山形宛抱哀牢国，千崖万壑生松风。

石路真从汉诸葛，铁柱或传唐鄂公。

桥通赤霄俯碧马，江含紫烟浮白龙。

渔梁鹊架得有此，绝顶咫尺樊桐公。

满　月

这两首诗珠联璧合，彰显了两位诗人深厚的友情，也让两人的友情能传诵至今。

有了好友的帮助和支持，有了爱人的恬念和安慰，杨慎的一生算不上满月，但是自有半月的风致和情调。会稽有座天依寺，那里著名的景观叫作半月泉，泉水隐藏在岩石下面，顾名思义，月亮映在泉水里只有一半，即使是满月时也是如此。这也是这个景观的奇特之处。然而总有些不解风情的人，有个僧人偏偏开岩改名"满月"。杨慎知道后感觉实在可笑，于是写了一首诗来讽刺这件事：

煞风景

磨墨浓填蝉翅帖，开半月岩为满月。

富翁漆却断纹琴，老僧削圆方竹节。

明诗

人生怎会总是一帆风顺呢，人长久、共婵娟是人们美好的愿望，月的阴晴圆缺也呈现出了不同的美，而杨慎在这残缺的半月人生中并没有放逐自己的心。他一生勤恳，即使蒙难还呕心苦志，穷探古迹，好学穷理，老而不倦。就像老子说的："祸兮福之所倚，福兮祸之所伏。"这一段不堪的经历助他成为我国历史上博学多闻的大学问家。

七子复古　横绝一世

　　明代文学以"复古"著称,复古派在文坛影响时间之长、范围之广在各流派中堪称第一。这种复古风气由来已久,明初高启、刘基乃至李东阳等人都为明代文学的复古做了有益的铺垫,到了李攀龙、王世贞等所谓的"后七子",在复古方法上更趋明确。李攀龙辞世后,王世贞主盟文坛,"七子派"复古已发展到了登峰造极的地步。李攀龙在诗歌创作上主张"拟议以成变化",但是"拟议"有余,"变化"不足,如他写的《陌上桑》,与古乐府《陌上桑》非常相似。因李攀龙模仿痕迹过于明显,以致招来"假古董"的骂名,不过其七律如《杪秋登太华山绝顶》等也写得非常见功力。王世贞早年倾慕李攀龙,两人成了好友,其《攀龙遗芳酒瓜酱夜醉放歌戏用为报》一诗可见两人深厚友谊。实际上,王世贞的才华远在李攀龙之上,其诗作风格多样,情感丰沛,复古理论也不拘泥于前人,一些小诗如《乱后初入吴舍弟小酌》也写得有滋有味。下面我们就看看这两位"七子派"文豪诗歌背后的故事。

谁向孤舟怜逐客　白云相送大江西

——李攀龙等七子的结社

李攀龙(1514—1570年)字于鳞,号沧溟,接续李梦阳,倡导文学复古。李攀龙的祖父是个混迹街头的人物,曾经侥幸在赌场赢了一笔钱,一夜暴富。他通过放高利贷,很快成了山东长清县的大富豪。等到李攀龙父亲继承这硕大家业时,李家已开始走下坡路。李父是个彻底的享乐主义者,但是纸醉金迷的生活并没有完全模糊他的神智,他把自己无法实现的愿望寄托到了李攀龙身上,想让李攀龙能够成才,而不要像自己一样仅仅是个地方上的土豪。望子成龙的愿望还未实现,父亲便抱着酒坛子走向另

李攀龙

一个世界,此时李攀龙才9岁。李家的资产也因父亲不善理财而被挥霍一空,撇下孤儿寡母艰难度日。由于李攀龙不是嫡长子,不久在伯父们的挑唆下,祖母将李攀龙母子四人赶出家门,让他们另立门户。李攀龙少年孤贫,母亲却是一个非常贤惠的女子,一直支持他读书。李攀龙不负母亲的期望,18岁中了秀才,此时他已成为全家的希望,他的两个弟弟去当雇佣工,母亲日夜纺纱,他们还把宅子抵押出去以支持李攀龙的学业。李攀龙也通过给富贵人家做家庭教师来增加收入。几年后,李攀龙得到了郡学廪生的待遇,就是带薪学习。这之后他一步步登上科举金字塔的上层,走完了白衣举子的艰辛路程。

明中叶社会上出现了一股"空疏不学"之风,所谓"空疏不学"就如同今天应试教育下学生们的学习状态。八股文在科举中已经成熟,坊间印刷出各种考试样文,以供士子参考。很多读书人每天都钻研这些应试之作,不认真研读古籍。不过李攀龙性格狂放,不走寻常之路。在郡学时他就经常自己钻研古籍,吟诗诵文。不过当时总有一些人对李攀龙这种另类行为进行打压,实际上也流

露出他们的恐惧和焦虑。不久李攀龙就被他们冠以"狂生"的称号,但是李攀龙并不想澄清自己,就随他们去说。在学习过程中,他无比佩服古人的智慧,也想写出像古人那样的好作品,此时复古的种子就埋藏在他心里。

李攀龙性情豪放,考中进士之后,很快结交了一批意气相投的文学发烧友。尤其是与王世贞的相遇,使复古的阵营很快壮大起来。他们成立了一个诗社,在闲暇之时就一起吟诗作赋。很快由李攀龙、王世贞、梁有誉、宗臣、徐中兴、吴国伦、谢榛形成的"七子派"便名扬天下。由于他们大多都是朝廷官员,在掌握了一定文学话语权之后,他们便引导了一时的文风和世风,学习秦汉盛唐的风气席卷大江南北。下面就先看看李攀龙的诗作:

于郡城送明卿之江西

青风飒飒雨凄凄,秋色遥看入楚迷。
谁向孤舟怜逐客,白云相送大江西。

这是一首送别诗,"明卿"就是吴国伦。嘉靖时,杨继盛弹劾权相严嵩,结果没有扳倒严嵩,自己却被处以死刑。王世贞、吴国伦为杨继盛送葬,遭到严嵩的仇视,吴国伦被贬到江西,而此时李攀龙恰好在济南,吴国伦途经济南与李攀龙短暂相会。这首诗是在这样的政治背景下写成的。李攀龙与吴国伦等人声气相投,他们感觉在政治上没有发表意见的优势,于是便寄希望于文坛,想通过文学上的成就来获得社会影响力。

明诗

日出东南隅 照我西北楼

——李攀龙复古之舍筏登岸

李攀龙在诗歌复古上主张"拟议以成变化",就是说写诗先要模拟,然后在模拟的基础上形成自己的变化。这就像近来的歌手选秀,选手先要模仿有名歌手的歌曲,随着模仿历练自己的能力,发现自己的特点,最后唱自己的歌,发行自己的专辑。当然模拟只是手段,不是目的,如果模拟露出了痕迹,会遭人嘲笑。在李攀龙的乐府诗中模拟的痕迹很明显,他为此遭到别人的耻笑,现在就来看他的一首乐府诗:

拟陌上桑

日出东南隅,照我西北楼。罗敷贵家子,足不逾门枢。性颇喜蚕作,采桑南陌头。上枝结笼系,下枝挂笼钩。堕髻何缭绕,颜色以敷愉。缃绮为下裙,紫绮为上襦。行者见罗敷,下担故绸缪。少年见罗敷,袒裼出臂臑。来归相怨怒,且复坐斯须。

使君自南来,驻我五马车。遣吏前致问:"为是谁家姝?""罗敷小家女,秦氏有高楼。西邻焦仲卿,兰芝对道隅。""罗敷年几何?""十五为人妇,嫁复一年余。""力桑以作苦,孰与使君俱?""使君复为谁?蚕桑所自娱。小吏无所畏,使君一何迂。罗敷他人妇,使君他人夫。"

"东方千余骑,夫婿居上头。左右三河长,负弩为先驱。何用识夫婿,飞盖随高车。象牙为车轸,桂树为轮舆。白马为上襄,两骖皆骊驹。青丝为马鞉,黄金为辔头。腰中千金剑,自名为鹿卢。起家府小吏,拜为朝大夫。稍迁郡太守,出入专城居。月朔朝京师,观者盈路衢。为人既白皙,鬣鬣有髭须。四十尚不足,三十颇有余。座中数千人,皆言夫婿殊。"

陌上桑

下面是原版的乐府诗:

陌上桑

　　日出东南隅,照我秦氏楼。秦氏有好女,自名为罗敷。罗敷喜蚕桑,采桑城南隅。青丝为笼系,桂枝为笼钩。头上倭堕髻,耳中明月珠。缃绮为下裙,紫绮为上襦。行者见罗敷,下担捋髭须。少年见罗敷,脱帽着帩头。耕者忘其犁,锄者忘其锄。来归相怨怒,但坐观罗敷。

　　使君从南来,五马立踟蹰。使君遣吏往,问是谁家姝?"秦氏有好女,自名为罗敷。""罗敷年几何?""二十尚不足,十五颇有余。"使君谢罗敷:"宁可共载不?"罗敷前置辞:"使君一何愚!使君自有妇,罗敷自有夫。"

　　"东方千余骑,夫婿居上头。何用识夫婿?白马从骊驹。青丝系马尾,黄金络马头;腰中鹿卢剑,可值千万余。十五府小吏,二十朝大夫,三十侍中郎,四十专城居。为人洁白晰,鬑鬑颇有须。盈盈公府步,冉冉府中趋。坐中数千人,皆言夫婿殊。"

　　前一首是李攀龙写的,后一首是汉乐府诗集里的原诗。两首诗对读一下会发现非常相似。这似乎就是李攀龙所说的第一步——模拟,而且模拟得越像越好。

　　当然李攀龙为了让自己的理论更易于接受,还引用了两个小故事。第一个就是拟议逼真的故事:胡宽营新丰。胡宽造了一个新城后,人们到新城可以找到自己的家,连鸡、牛、羊都可以找到自己的家,可见新城就是老城的克隆,这就

明诗

相马

是李攀龙的理论。

在拟议基础上就要变化了,他又讲了一个故事:秦穆公对伯乐说:"您是有名的长者,不知道您是否可以推荐一个善于相马的人?"伯乐回答说:"一般的好马可以从筋骨上辨别其优良。这天下最好的马,选择的时候就好像似有似无,这种马,蹄落下却不留痕迹。我的子侄们,都有卓越的才华,只能选出一般的好马,不能选出天下最好的马。我有个同伴叫九方皋,他选马的本事不在我之下。请您召见他。"穆公找见了他,并让他去找马。三个月过后,九方皋回来了报告说:"大王,马已经找到了,现在在沙丘。"穆公问:"什么样的马?"回答说:"黄色的母马",秦穆公让人把马牵过来却是一匹黑色的公马。秦穆公不高兴了,把伯乐召来说:"失败呀,你推荐的相马的人连颜色和公母都不知道,哪里还能找到天下的好马?"伯乐慨叹一声说:"都到了这种境界了吗!这就是为什么他比我强千倍万倍呀。"九方皋所观察的是天机,他看到了马的内在素质,深得精妙,忘记了马粗陋的外在表现。他只观察需要观察的,只看他所看见的。九方皋相马的理念,甚至超出了相马本身。后来穆公派人驯养马的时候,才发现这果然是一匹难得的好马。

这就是李攀龙想达到的理想状态,就是在模拟的过程当中,看透诗词写作的天机,从中摸索出自己东西。当然,这成了他的一个创作理想,理想状态实际上是很难达到的,他一直都在努力,不过他的作品经常被人嘲笑为"假古董"。"昭君出塞"这个题材的诗歌作品有很多,李攀龙也写过:

和聂仪部明妃曲

天山雪后北风寒,抱得琵琶马上弹。

曲罢不知青海月,徘徊犹作汉宫看。

这首诗是李攀龙作品中比较好的,我们可看到昭君身披白雪,忍不住往汉宫的方向频频回头,在寒风中她弹着琵琶,飘出忧伤的调子。这首诗的优点是有很强的画面感,还有就是不给琵琶曲着悲伤或者是幽怨的音调,而让悲伤、幽怨的韵致自在诗中。但是看了之后，不管是用词还是句式，总让人觉得有一种似曾相识的感觉。唐代李益有一首诗叫《从军北征》：

从军北征

天山雪后海风寒，横笛遍吹行路难。

碛里征人三十万，一时回首月中看。

由于李攀龙的诗中有很多唐代诗歌的意象，他的边塞诗中反复有"风尘"这个意象，所以有人甚至戏称他为"李风尘"。还有人提取他用得多的意象编了一首诗来讽刺他：

万里江湖迥，浮云处处新。

论诗悲落日，把酒叹风尘。

秋色眼前满，中原望里频。

乾坤吾辈在，白雪误斯人。

诗中的"万里""江湖""浮云""落日""风尘""秋色""中原""乾坤""白雪"等都是李攀龙写诗所用的高频词汇。其实就像《四库总目提要》说的，人们对李攀龙的评价或好或坏都太过。客观地说，已经处在二十一世纪的我们也经常处在复古风潮之中，单时尚界就有很多设计师走复古路线，比如复古皮包、复古发型、复古长裙等等。在浮躁的现代，这些复古的东西反而焕然一新，它们散发着古老的气息，以庄重典雅赢得很多人的青睐。而"浮云""白雪"等正是李攀龙手中的设计材料，只是这一意象背后有多重意义，已经在唐诗中发挥到极致，想在这些旧东西上生发出新意象是一件很困难的事情。李攀龙曾经说过，有人创作靠天才，有人创作靠方法，但是他认为"才"还需要"法"的约束，博古通今，驭才而行。但是也许李攀龙的才确实不够驾驭他的创作理想，最终导致他的理论与现实创作脱节。

明诗

平生突兀看人意　容尔深知造化功

——李攀龙之出彩七律

当然,李攀龙之所以能成为复古派的领袖,主要靠的还是他出色的作品。他的七律写得高华精丽,受到一致的好评,如下面这首:

初春元美席上赠谢茂秦得关字

凤城杨柳又堪攀,谢眺西园未拟还。

客久高吟生白发,春来归梦满青山。

明时抱病风尘下,短褐论交天地间。

闻道鹿门妻子在,只今词赋且燕关。

华　山

"凤城"指京城,而"鹿门"借指谢榛的故乡。这首诗是劝告谢榛不要再客居京城,赶紧回乡省亲,词句委婉,意味深长。他安慰谢榛,即使你离开京城,你的诗歌会留在这里,被人们传唱。在这个时候,李、王、谢三人的关系还好,但是从这首诗可以看出李攀龙对谢榛曳裾侯门的行为大概已经有些不满了。

李攀龙还有描写华山七律也很有名:

杪秋登太华山绝顶

其　二

缥缈真探白帝宫,三峰此日为谁雄?

苍龙半挂晴川雨,石马长嘶汉苑风。

地敝中原秋色尽,天开万里夕阳空。

平生突兀看人意,容尔深知造化功。

深秋雨后,万里无云,傍晚时分,夕阳垂照。华山雄伟壮丽的特点被李攀龙发挥到了极致。李攀龙绝顶望远,感叹只有到了华山才能深知大自然的鬼斧神工、奥妙无穷。一向自视甚高的李攀龙也被眼前的景象所折服,恍然间自己的存在感好像消失了。这首诗意境开阔,亦真亦幻,感情收放自如,让人看到了李攀龙的文学功力。雄健刚劲,格高气阔,本来就是李攀龙诗歌的主要特色,这也充分体现了他山东人的特质,自有一股英锐之气。

明
诗

折腰差自强人意　白眼那堪无宦情

——李攀龙《郡斋》

李攀龙狂傲刚直的性格使他在官场上赢得了好名声。下面这首诗就展现出了他的傲气：

郡　斋

金虎署中谁大名，我今出守邢州城。

折腰差自强人意，白眼那堪无宦情。

世路悠悠几知己，风尘落落一狂生。

春来病起少吏事，拟草玄经还未成。

李攀龙有一腔抱负，可惜体质较差，再加上他独特的个性，让他也有不如意的时候。嘉靖三十二年（1553年）他休假返京，被外调到河北邢台。他心里很不情愿，觉得在一个小地方无法施展他的才华。所以在诗中他自称"狂生"，好似豪情无限，无所在乎，但是那种"大名"折腰于他人的牢骚还是明显地表达了出来。

表现李攀龙独特性格的史料有很多，王世贞就记录过这样一件事：李攀龙在邢台任官时到一位同僚家拜访。这位胡姓同僚是四川人，同李攀龙的故交杨慎是同乡，两人在喝茶聊天时李攀龙问他："杨慎的身体还好吗？吃饭还多吧？"这位同僚没有回答李攀龙的问题，却忽然说："杨慎文思优美，聪明有才，不像陈白沙鸢飞鱼跃。"李攀龙听出了他的嘲讽之意，甩了甩袖子起身就走，边走边呵斥，非常生气。

李攀龙为人非常耿直，即使是上级也不留面子。有一次他去拜访御史许宗鲁。许宗鲁问他，现在这天下最出名的是谁？李攀龙回答说："第一是王世贞，第二就是宗臣。"许宗鲁对宗臣不太熟悉，就想看看宗臣的诗，向李攀龙索取。

可是李攀龙这暴脾气却觉得宗鲁不相信他,他很受伤,就发脾气说:"昨天夜里都烧了。"一副小孩子的脾气,把宗鲁搞得也很尴尬。

李攀龙还跟自己的好伙伴闹绝交,"后七子"中有个布衣叫谢榛,他经由李攀龙介绍入诗社,两人感情很好。后来李攀龙出任了顺德知府,谢榛因为私事来找李攀龙。李攀龙不愿为了私事违反法纪,坚决拒绝了谢榛的请求。谢榛没想到好友这么不给面子,他非常气愤,回到京城对他人讲李攀龙的坏话。但是王世贞和吴国伦都觉得谢榛不对,然而谢榛非但没有丝毫悔改的意思,反而对李攀龙等人都表示了不满。这就惹怒了王世贞,王世贞将此事告知李攀龙,李攀龙给谢榛写了绝交信,可见李攀龙确实非常耿直。不过关于这件事还有多种版本,大家可以自己探寻其中缘由。

明诗

无那嵇生成懒慢　可识陶令赋归来

——李攀龙《白雪楼》

白雪楼

　　李攀龙厌倦了官场,向皇帝请求退休回家,开始他的隐居生活。归家后,他建了一座白雪楼,作为读书室。据说这座楼的名字取宋玉《对楚王问》中"阳春白雪,曲高和寡"之意,以寓自身清高,不同俗流,李攀龙为此楼写了一首诗:

白雪楼

　　伏枕空林积雨开,旋因起色一登台。

　　大清河抱孤城转,长白山邀返照回。

　　无那嵇生成懒慢,可识陶令赋归来。

　　何人定解浮云意,片影飘摇落酒杯。

明

诗

　　这首诗写得悠远深长,诗中提到了两个著名的隐士:嵇康和陶渊明。可见李攀龙建造此楼的目的就是要在这里吟诗作文,享受无拘无束的生活,追求自然。

　　李攀龙最主要的家产就是这座白雪楼了。李攀龙死后,他的儿子继承了此楼,等到他的儿子死后,白雪楼就卖给了别人,之后李家家境非常贫寒,以至于李攀龙非常宠爱的妾蔡姬到了七十岁还以卖烧饼为生。王象春见到之后非常感慨,也写了一首《白雪楼》:

白雪楼

　　白雪高埋一代文,蔡姬典尽旧罗裙。

　　可怜天半峨眉雪,空自颓楼冷暮云。

劝君高枕且自爱　劝君浊醪且自沽

——李攀龙《岁杪放歌》

　　李攀龙的归隐使他正好躲过了严嵩擅权专政。他虽然放荡不羁,但是也懂得明哲保身。李攀龙虽然从没有说教者的派头,但是他却写了一首劝世色彩很浓重的诗:

岁杪放歌

终年著书一字无,中岁学道仍狂夫。

劝君高枕且自爱,劝君浊醪且自沽。

何人不说宦游乐,如君弃官亦不恶。

何处不说有炎凉,如君杜门复不妨。

终然疏拙非时调,便是悠悠亦所长。

　　李攀龙劝诫他人自爱自洁,远离官场的争斗,过些休闲的日子。这也能看出李攀龙旷达的情怀。虽然李攀龙追求归隐的生活,但是这并不代表他两耳不闻窗外事。在中国古代,文人都有一种济世的情怀,即使远离政权,他们还会通过诗歌的方式表达自己对国事的关心:

明诗

赠殿卿

前年赐环承主恩,去年解褚辞王门。

身经畏途色不动,心知世事口不论。

自顾平生为人浅,羡君逃名我不免。

自怜垂老尚凭陵,羡君混俗我不能。

有酒便呼桃叶妓,得钱即饭莲花僧。

少年醉舞洛阳街　将军血战黄沙漠

——王世贞《宝刀歌》

王世贞

王世贞,字元美,号弇州山人,江苏太仓人。他站在明代文坛复古运动的最前沿,稳居文坛盟主数十年;他名扬海外,又备受争议;他是当之无愧的文学家,又是一位杰出的历史学家;他年轻时恃才轻狂,年老时反省内敛。他身处政治和文学的运动之中,一生跌宕浮沉,最终在文学上达到了他人难以超越的巅峰。

王世贞的父亲王忬是朝廷要员,为人耿直,颇有政绩,所以和当时的佞相严嵩不对脾气。而严嵩毕竟是皇帝宠臣,把持朝政,因此严嵩一直寻找机会除掉这个眼中钉。

王世贞是当时有名的才子,他15岁时向当时有名的经学家骆行简学习《易经》。一天师徒两人在街上看到一个卖刀的人,骆行简就让王世贞以此为题,即兴作一首诗。王世贞思索了一番,就吟咏出:"少年醉舞洛阳街,将军血战黄沙漠"的动人诗句。这两句诗对比鲜明,加上其中蕴含着积极的思想感情,让骆行简满意地连连点头。骆行简还说:"你以后一定能以诗文闻名于世。"当时王世贞的父亲看重的是有实用价值的举业,不喜王世贞专注于诗文。然而李白、杜甫美好的诗篇深深地吸引着王世贞,还有司马迁的《史记》、班固的《汉书》也为王世贞所爱。广泛的阅读、加之超人的记忆力让他成了一个博学的人。王世贞不仅热爱阅读,还热衷写作。他比较早的作品就是骆行简所要求的咏宝刀的诗,取名为《宝刀歌》。

明
诗

宝刀歌

昆吾精铁光灼烁,不论风胡手中作。

涪江水淬明月寒,汉冶风迴赤蚊跃。

锋尖七曜陷芙蓉,匣里双环吐龙雀。

少年醉舞洛阳街,将军血战黄沙漠。

记取衔恩一片心,扶君直上麒麟阁。

这首诗气象开阔,辞藻华美,展示出了习武少年的雄心和锐气。诗文从宝刀不凡的来历到少年手持宝刀在疆场杀敌立功,诗思跳跃,情感激荡,展示出诗人不平凡的抱负。王世贞幼年时广泛阅读,有丰富的知识储备,同时也有高超的语言运用能力,因此,能将自己的雄心壮志通过一把刀含蓄地表达出来。这种托物言志的手法在王世贞诗中很多见,随着人生经历的丰富,王世贞的人生体悟愈加细化到个人情感的抒发,除了英雄气,王世贞还有细腻的儿女情。在他22岁时,要离家到北京参加会试,在将要离开妻子和女儿的前一夜,他写下了一首五律:

丁未计偕将出门夕

此夜不忍旦,匆匆垂去家。

回看小弱女,犹未解呼爷。

冻雪依檐草,轻飔散烛花。

莫挥分手泪,吾道自天涯。

这首诗是王世贞内心的真实体现,不愿天亮,不愿离开可爱的小女儿。诗中弥漫着杜诗"遥怜小儿女,未解忆长安"的味道。作者神化杜而不留痕,将难舍难分的离家情怀真实流露出来,读来温馨感人。

六度逢寒食　肝肠寸寸灰

——王世贞与严嵩父子的恩怨

严　嵩

王世贞科举中第对一个人来说是一个不小的冲击，这个人就是严嵩的儿子严世蕃。他们两人年龄相仿，严世蕃也小有才气，却无法和王世贞相比。再加上王世贞英俊潇洒，严世蕃"短项肥体"。不过若"拼爹"，严世蕃倒是能胜出，因为此时严嵩深受皇帝宠爱，大权在握。严嵩也很欣赏王世贞的才华，多次拉拢王世贞，多次让严世蕃宴请王世贞，但王世贞不为所动，刻意与严氏父子保持一定的距离，甚至还在言语上讽刺他们。当时京师有鬼怪的传闻，传闻说这个鬼怪"其形多目多手"，也就是一个长着很多眼睛和很多手的鬼怪。明世宗问张真人这是什么鬼怪？张真人无言以对。于是有人商量着找博识的王世贞来解答这个问题。王世贞听说后说："这个鬼怪我碰巧还真认得。《大学》中有一句话：'十目所视，十手所指。'大家都知道这鬼怪是什么了吧！"这一句话的原文是，"十目所视，十手所指，其严乎？""严"本来是表示可畏的意思，此处王世贞其实是指严嵩，众人一听也就明白了。严嵩听说这件事之后，对王世贞恼恨不已。还有一次有人宴请王世贞等人，严世蕃也在被邀请之列，可是时间到了，严世蕃却迟迟不露面，众人等得很着急，心里暗骂严世蕃又不敢表现出来，毕竟人家是宰相之子。在众人的焦急盼望中，严世蕃才迟迟而来。一番寒暄之后，有人问严世蕃："今天怎么来得这么晚？"严世蕃说："忽病伤风耳。"意思是突然感冒了。坐在宴席上的王世贞笑着说："爹居相位，怎说得伤风！"意思说"你爹是宰相，你怎么说是伤风化？"众客听了大笑，不过还是有一些人为王世贞担心。王世贞不仅语言讽刺

严氏父子,还写诗含沙射影地攻击严家父子:

钦 䲹 行

飞来五色鸟,自名为凤凰。千秋不一见,见者国祚昌。飨以钟鼓坐明堂,明堂饶梧竹。三日不鸣意何长!晨不见凤凰,凤凰乃在东门之阴啄腐鼠,啾啾唧唧不得哺。夕不见凤凰,凤凰乃在西门之阴媚苍鹰,愿尔肉攫分遗腥。梧桐长苦寒,竹实长苦饥。众鸟惊相顾,不知凤凰是钦䲹。

钦䲹是《山海经》里描述的一种恶鸟,但在这首诗里它却把自己伪装成吉祥的凤凰,可是凤凰非梧桐不栖、非竹实不食,而这只歹毒的"凤凰"最喜欢的食物却是腐烂的老鼠,最擅长的动作是谄媚,如此没节操的"凤凰"真是第一次见啊。很多人都觉得王世贞实际上讽刺的是严嵩。

王世贞这些言行很快就传到严嵩的耳朵里。本来严嵩就厌恶王忬(王世贞父),现在王世贞又在众人面前讽刺他,于是心中更加忌恨王氏父子。王世贞年轻气盛,恃才傲物,胸无城府,因得罪严嵩,在青州任上九年未能升职。王世贞的志向是做史官,他对史学很感兴趣,可是由于性格耿直,一直未能身处史局。

王世贞少年时褒贬时人从不留情,以至于他的《艺苑卮言》一出,别人都以为他是一个尖酸刻薄的人。实际上,在生活中王世贞待人宽厚仁慈。不过对那些邪恶的人,王世贞往往笔下不留情,他模仿《孔雀东南飞》的体制创作了一首长诗——《袁江流钤山冈当庐小吏行》,诗中细数严嵩的丑恶罪行,对严嵩如何发迹、以权谋私、把持朝政、祸害忠良的事都有记载和揭露。诗中"孔雀虽有毒,不能掩文章",对严嵩而言也算是一个比较公正的评价。也就是说严嵩虽然坏,但在少年时他还是很有才华。王世贞父子与严嵩的恩怨在明清笔记中有很多记载。清代顾公燮的《丹午笔记》说,王忬家有个传家宝——《清明上河图》,画工绝妙,被奉为珍宝。严世藩听说后很喜欢,想夺为己有。王忬自然不想给他,但是看到严世藩必得的决心,也不想撕破脸惹恼他,于是就找了个绘画的高手临摹了一副送给了他,想他那点儿鉴别水平也发现不了什么。王忬家里原来雇佣着一个高级装裱书画匠,曾经见过这幅图。后来不知道是什么原因这个装裱匠又为严家效力。严世藩得到画的时候很高兴,到处炫耀,装裱匠看到这幅画后,对严世藩说:"小的见过这幅画,您手里的是假的。"严世藩不

相信他的话,他又说:"您看那画中的小麻雀两脚踏在两片瓦片上就可以知道了。"此时严世藩才信以为真,于是严氏父子对王氏更加憎恶。其实王忬是否真拥有过《清明上河图》尚未可知,严、王两家是否因这幅名画而结下更深的仇怨也只是一些道听途说之语。

《清明上河图》

王忬在抗击倭寇时曾立过奇功,受到皇帝褒奖,被多次破格提拔,官至蓟辽总督。后来在滦河战事中,王忬战败,严嵩得到一个报复机会,将此前王忬的战功不报,在皇帝面前对其落井下石。王忬在劫难逃,被捕入狱。王世贞和弟弟王世懋闻讯赶来,想要上书请求代父亲受罪,但是遭到父亲和大学士徐阶的反对。于是王世贞便和弟弟匍匐在严嵩府门前请求解救父亲。可是现在的请求只能让严氏父子享受到更大的快乐,严嵩才不会放弃这么好的机会,他一定要铲除王家。王忬被处死,王世贞和弟弟怀着锥心之痛扶着父亲的灵柩回到家乡。

王世贞暗下决心,在他有生之年一定要为父亲报仇。由此有人猜测《金瓶梅》的作者是王世贞,是为报父仇而作。清代顾公燮的笔记上有这样的记载:王世贞的父亲死后,王世贞日夜想为父报仇。有一次严世藩问他是否有好看的小说,王世贞说有。严世藩问是什么书名。王世贞看着家中瓶中的梅花说《金瓶梅》,又谎称书的字迹不清楚,等抄本好的送过去。看到自己昔日的对手成了现在这么恭顺的样子,严世藩很是得意。王世贞回家后马上构思,写出了《金瓶梅》。严世藩爱不释手,看时非常专注。于是王世贞又收买了一个修脚的师傅,在给严世藩修脚的时候,偷偷弄破表皮,擦上烂药。严世藩双脚烂到不能正常行走,于是不能入朝,严嵩也年老迟钝,慢慢地不再受皇上宠爱。严

氏父子被弹劾,严世藩还被处死。这一说法其实只是一些小说家的想象,后人对王世贞与严氏父子的关系充满好奇,王世贞是否是《金瓶梅》的作者目前尚无定论。但是严氏父子后来确实倒台,王世贞为父亲冤屈昭雪而赴京,并写下训诫诗,嘱咐儿辈:

寒食志感示儿辈

六度逢寒食,肝肠寸寸灰。

岂无悬日月,难拟到泉台。

岁每惭新鬼,春从冷旧醅。

儿曹须老大,莫忘介山哀。

明
诗

难挥汝爷恸　闻者亦酸辛

——王世贞悲歌亲人的离世

　　王世贞多次经历亲人离世,并且他认为父难是因为自己得罪严嵩才招致的,为此他一直耿耿于怀,难以舒心。王世贞母亲在经历了家庭的突变后没几年也去世了。王世贞的第一个儿子叫果祥,王世贞父亲梦见橘子树上果实累累十分可爱,便给自己的孙子取名果祥。这个吉利的名字并没有留住这个可爱的小生命,年仅三岁就被疹子夺去了生命。那时王世贞才27岁,丧子之痛让他体会到人生的无常,他为此闭门写了十首诗悼念自己的儿子。下面摘录两首:

悼亡儿果祥诗

其　一

得汝三年内,那能一日忘。
谁知浪惊喜,翻为助悲伤。
处处难开眼,时时总断肠。
病夫骨髓尽,未数泪千行。

其　五

动止能如意,欢啼并可亲。
纵无千里足,堪慰百年身。
得食先分姊,更衣必示人。
难挥汝爷恸,闻者亦酸辛。

明诗

　　诗中字字都凝聚着王世贞的血泪,丧子对他来说是一个不小的打击。此后不久,王世贞的妹妹也因无法承受痛苦丧父之痛,哀伤过世。同时,在王世贞四

十几岁的时候,他又失去了一个女儿和一个儿子。亲人接连辞世,对王世贞是一次又一次的内心折磨,精神摧残。他为此信奉佛道,想通过向冥冥之中神灵祈祷,获得家人的平安。王世贞弟弟王世懋也是才学出众,气质非凡,两兄弟被世人称为"大、小美",经常被比作苏轼兄弟。王世贞兄弟经历父难及多次家难一直相互扶持。王世贞爱饮酒,喜欢和自己投缘的人饮酒,他们兄弟俩也经常小酌:

乱后初入吴舍弟小酌

与尔同兹难,重逢恐未真。

一身初属我,万事欲输人。

天意宁群盗,时艰更老亲。

不堪追往昔,醉语亦伤神。

这次小酌来得不容易,王世贞见到弟弟之后都不敢相信是真的。可见这次相会非常难得,好像有些惊心动魄。实际上题目给我们透露了信息。"乱后"指的是嘉靖三十一年东南沿海倭寇横行,而昏庸的嘉靖皇帝和奸佞的严嵩不能给任何人带来保障。所以连王世贞这样社会地位比较高的人也不能不因为倭寇入侵而慌乱心惊。在这个慌乱的时期,王世贞见到了弟弟,两人见面时只有期盼、担忧。饱含千言万语的两兄弟,心中虽感慨世事艰难,但也能体会亲情能给人如此大的安慰。兄弟俩把酒满上,但因为怕伤神,不敢追昔往事。

但是年轻的弟弟身体一直都不太好,竟先王世贞离开人世,王世贞因此还哭瞎了一只眼睛。这些逝去的生命成为王世贞心中最深的伤痛。

这么多人应该够王世贞祭奠伤神的了,可王世贞还祭奠了一个和他并没有交集的人,孙太初。

明 诗

酹孙太初墓

死不必孙与子,生不必父与祖。

突作凭陵千古人,依然寂寞一抔土。

道场山阴五十秋,哪能华表鹤来游?

君看太华莲花掌,应有笙歌在上头。

　　孙太初是明中叶的隐士,号太白山人。就像诗的前两句交代的,王世贞与孙太初并不是子孙和父祖的关系,那么为什么要祭奠他呢?接着王世贞说我贸然来到已作古的人面前,实际上也感觉自己很唐突,生怕侵扰了他老人家的灵魂,可这担心似乎很多余。因为坟寂寞依旧,这样一个仙风道骨的人死了这么多年都没有仙鹤来游,不知莲花峰上是否会出现仙人仙乐呢?原来王世贞是来找仙人仙乐了,大概是因为现实生活太艰辛、太无趣,王世贞对仙幻产生了兴趣。实际上,王世贞兴趣的改变是从退隐开始的。

明

诗

采莲一曲杳然去　得醉即卧清溪头

——王世贞的归隐念头

经历了父难之后，王世贞有了很多新的感悟。他产生了归隐的想法，虽然当年父亲在世时就很反对，但是这种想法一直都萦绕在王世贞的心头。早些时候，王世贞的好友梁有誉称病辞官，他给好友写诗时就有归隐的念头。

赠梁公实谢病归

汝谋结室罗浮顶，下饮仙人葛洪井。

桂树宛宛山日深，松花蒙蒙白云冷。

我亦欲买蜻蜓舟，归与少年为薄游。

采莲一曲杳然去，得醉即卧清溪头。

好友就要离京，王世贞对自己的好友说，我也想买一叶小舟，一夜下江南，与少年们畅游山水，听着那美妙的采莲曲，饮上一壶好酒。这份情绪似乎不仅仅是劝慰友人的语言，还是自己心中的一份向往，表露出了归隐的愿望。朋友的经历总是不断影响着王世贞。他的另一个好友李攀龙罢官回故里，归卧白雪楼，再一次动摇了王世贞治国平天下的信念。他也想把自己放逐在山林间，但是这一想法却遭到了父亲的反对。王世贞很愁苦，很矛盾，于是就借酒消愁，趁着酒气发起了牢骚：

明 诗

醉后信口便成九韵

王生劝汝一杯酒，自古英雄落人手。

冠星饭露竟何限，马足车轮为谁久？

昨者罄折少年前，顾影俄然见老丑。

枵腹晨昏不得谢，归来仓皇置其妇。

新诗赋就掷关读,风雷为我排晴昼。

千秋受驱万象役,曹刘失魄扬马走。

但使古人百不欺,笑任雌黄世间口。

吴江莼鲈鲜秋熟,七尺尚属王生有。

　　诗中自有一股不平之气,"王生劝汝一杯酒,自古英雄落人手",多么辛酸的自嘲。可他自己也知道,这种发泄只是暂时的,只是在醉酒的这一刻可以这么放纵。

　　王世贞的父亲被处死,才是王世贞真正心灰意冷的时候。他为父亲守丧三年期间,严嵩被徐阶扳倒,严氏集团瓦解。这一系列的事变使王世贞一心寄情山水,于是他修建了离薋园,作为他会客、唱和、放松的场所。而且经常与友人游山玩水,归来就看些诗词。他喜欢苏轼的作品,看到苏轼有《除夜病中赠段屯田》一诗曰:"龙钟三十九,劳生已强半。岁暮日斜时,还为昔人叹……"王世贞感慨苏轼这样的大家都有这样的寥落之语,想到自己人生的起伏变幻,也写了一首抒怀之作:

偶诵苏公诗,龙钟三十九。

身犹一方佐,名满天下口。

伊余谢策年,与公颇先后。

虽忝大夫列,六载归南亩。

人间失意事,所历无不有。

多歧梦犹惴,百炼心欲朽。

雌黄堕齿颊,雄白空知守。

西风傲短褐,居然成野叟。

流年蠹书卷,残日渔杯酒。

用禅文寂寞,塞兑防秽呕。

斋前种白杨,萧瑟鸣虚牖。

顾谓吾季方,吾言汝知否。

今古伯仲名,无出苏公右。

风云壮接翼,天地老分手。

踯躅瘴海间,能无叹不偶。

万事吾敢如,一得颇无负。

蓼莪固永废,棠棣幸终友。

去去入吴山,相携共白首。

　　王世贞自述自己年已三十九,身在官场,却无作为。然而人间失意的事却都已经历,由此他渴望能屋前种白杨,室内鼓鸣琴,过一种潇洒自在的田园生活。他仰羡苏轼兄弟的文名,对弟弟王世懋也寄予了期待。虽然王世贞感慨自己一天天变老,但他无法改变的是对书、酒的爱好。他也非常期盼自己能和家人、朋友相携到老。

明诗

感君缠绵意　含吐待君择

——王世贞与好友李攀龙

　　李攀龙是王世贞最好的朋友之一，好古文辞，性格豪放不羁，经常有异于常人的想法和行为，读书时学友都称他为"狂生"。虽然李攀龙行为不太同于常人，不过一般人也难以进入他的法眼。然而王世贞与李攀龙却因对历史经典有共同爱好，对某一历史时段有近似的情感认同而成为知己。两人都是"后七子"的重要人物，对文学的看法却不尽相同，但是他们能求同存异，互相切磋，共同进步。两人答赠的诗有很多，下面就是王世贞回赠李攀龙的一首：

答赠于鳞

历下多奇士，夫君无忝之。

身应李白后，书是伏生遗。

古调名堪小，穷探已亦疑。

书来重嘘借，吾更爱吾诗。

　　王世贞兄弟扶丧车南下，途中路过济宁，李攀龙专门骑马来吊唁。若在平时，这是再正常不过的事了。但是在严氏父子的高压下，能这样藐视权贵，不怕遭受连累，为王世贞满是创伤的心洒上一剂良药着实难能可贵。由此可见王世贞与李攀龙情感之厚笃。王世贞在上面这首诗中也给予李攀龙很高的赞美和期待。

友人相聚

王世贞与李攀龙相聚时,经常诗文唱和,品评当时文坛上的人物或作品。有一次王世贞到李攀龙的家里饮酒,写下了这样一首诗:

秋日过于鳞郡斋

入门登君堂,筐筐相罗列。

大妇治酒浆,小妇为炊食。

儿年十五余,冠裳来肃客。

感君缠绵意,含吐待君择。

这是一次多么温馨的家庭聚会。王世贞到李攀龙的家里时,酒菜正在准备中,箩筐随意放在一边,李攀龙的家人忙着准备饭食,他们对待王世贞就像自家兄弟一样。看着这些为自己准备饭菜的人,王世贞倍感温暖。这时李攀龙的儿子也穿戴整齐,过来向王世贞行礼问候。酒宴开始后,王世贞一边享受着简单而温馨的菜肴,一边与李攀龙推杯换盏,欢欣痛饮,主人的浓浓情谊使他十分愉悦。在与李攀龙相聚的日子,他们经常与友人一起泛舟游览:

四月一日同于鳞子与诸君水头放舟

歌管能回日,轻舠自任风。

人家渔网外,山色酒杯中。

心事欢仍见,年光醉未穷。

褰裳吾欲涉,菰际忽惊鸿。

明诗

春光明媚的一天,王世贞、李攀龙与一群文友水上泛舟,此时湖面微波荡漾,沙鸥翱翔,景色迷人。在湖光山色之中,王世贞、李攀龙等人推杯换盏,诗文唱和,山水之乐与友人自远方来之乐,得之心而寓之酒,并行之文,诸人相洽甚欢。

王世贞与李攀龙除有诗文唱和等活动外,还经常有一些土产、礼物往来,生活上相互体贴照顾。冬日的一天,李攀龙赠送给王世贞一些酒与瓜酱等。品尝着李攀龙赠送的食品,感受着温馨的友谊,王世贞酒意微醺,为李攀龙赋诗一首:

攀龙遗芳酒瓜酱夜醉放歌戏用为报

朝对云门雪,隐如两玉山。时无一杯饮,何以俱颀然?平头大奴尺一书,载之不得中庭趋。青丝提绳白玉壶,郁金香夺银酰酥。沉瓜片片芍药酱,压来纤甲痕珊瑚。削瓜进酒哈不止,谓我卒当以乐死。雪花为茵不肯寒,夜半歌声剑波起。兰缸荧荧漏丁丁,罢舞起看头上星;南有匏瓜北有斗,碧霞之脯天公酒。虚名误人竟何有?安期生,闭汝口,瓜出蔡姬酒李侯,八千年来汝得否?

普通的酱瓜在王世贞的笔下成了人间少有的美味,"瓜出蔡姬酒李侯"。或许物品并不重要,重要的是王、李两人惺惺相惜,他们一起设计文学复古蓝图,一起分担生活中的忧愁,一起享受诗文唱和的快乐。后来王世贞到山东齐河与李攀龙又有了一次会面,二人诗酒唱和,交谈甚欢,王世贞写道:

齐河行与于鳞醉别作

与君痛饮齐河头,齐河万鱼皆溯游。十年再回日月照,千古一散乾坤愁。胸中云梦各争吐,眼底邯郸焉足求?玉壶未缺如意怒,葡萄欲干凿落忧。我更起作鹡鸰舞,那得不典鹔鹴裘?醉时抗手城南路,大陆青苍莽回互。国风一示延州来,春雪三周华不注。吴郑缟各言好,赵璧秦城总相慕。路人闻余言自疑,沾沾者谁令人妒。天下模楷李元礼,江东独步王文度。

王世贞在李攀龙辞世后主盟文坛二十余年。作为一代文坛盟主,王世贞大力倡导复古运动,不断扩大七子派影响,培养发掘有才华的人才,创作出很多优秀的作品。到了晚年,王世贞思想有了重大转变,他开始反省自己早年作品,自悔少作,转慕佛道,有意将文坛盟主传给胡应麟。

有一次汪道昆带着他的弟弟来到杭州,正好王世贞兄弟和东南才俊在西湖雅集,大家似乎都感觉到了王世贞有意将文坛盟主衣钵传给胡应麟。汪道昆的弟弟显得非常气愤,当众质疑王世贞:"您怎么能把文坛盟主的位置传给胡应麟这样没有地位的人呢?让他主盟文坛,我们将如何自处?"王世贞没想到会惹来如此直白的反对,一时不知道该说什么好。胡应麟也脸色大变,却没有立刻反

明诗

驳。这时戚继光看到气氛尴尬,出来劝解,谁承想言语不当,又惹怒了胡应麟,戚继光便自动离席,这样大家也就不欢而散。

"文人相轻,自古已然"。胡应麟其实很有才气,诗文写得非常传神,而且没有复古的模拟痕迹。他的书法也很有名,尤其在酒酣耳热之时可以用

园 林

头发写字,甚至耳朵、鼻子都可以写字,被时人赞为"神笔"。不过胡应麟有个比较明显的缺陷,就是家世不显赫,自身又出身举人未中进士,可谓人微言轻。王世贞对胡应麟的才华及博学非常欣赏,他多次给胡应麟创造露脸的机会,在胡应麟病重之际还为他专门写有传记,以扩大其在文坛上的影响。可是对文坛盟主的位置很多人已心仪很久,王世贞对胡应麟的青睐招来很多人的嫉妒。胡应麟作为七子派复古运动的后起之秀,能够理解王世贞晚年文学思想的转变,这是王世贞推重他的重要原因。遗憾的是,汪道昆、吴国伦等在当时社会地位比胡应麟尊、影响比胡应麟大者,不愿意让胡应麟成为盟主。因此,王世贞去世后,胡应麟的处境变得十分尴尬。

王世贞"为官四十年,里居之日十之七",家居的日子里友人来往不断,王世贞先后营造了几座园林。第一个是离薋园,这个园子的规模比较小,后来王世贞把这个园子给了弟弟王世懋,自己又修建了弇山园,自此便自号"弇州山人"。弇园规模宏伟,山水优美,景观别致,这里成了王世贞的一方精神家园。王世贞专门为弇园写了《弇山园记》,经常与友人诗文唱和,湖面泛舟。弇园今天依然存在江苏太仓,在王世贞辞世后,王世贞后人将此园卖给了吴伟业,吴伟业将之易名为梅园,由此而自号"梅村"。王世贞归卧弇园,无意为官:

明诗

事白后再上疏乞骸承伯玉司马以二诗慰问有感问答

紫袖蔫陈白发稀,逢人羞说宦情微。

羊肠过尽依然险,马角生来可不归。

谷口行厨薇蕨饭,江头初服芰荷衣。

东山司马如相问,南北风尘有是非。

此时的王世贞已经没有了少年时"少年醉舞洛阳街,将军血战黄沙漠。记取衔恩一片心,扶君直上麒麟阁"的豪气。王世贞本来就有眼疾,在得到弟弟去世的消息后,他内心更加悲痛,整日以泪洗面,眼睛几乎失明,只有左眼还依稀可以看到一些东西。此时王世贞年老多病,历尽宦海沧桑,为此他多次上书辞官,希冀能够回乡归隐。

研究王世贞的人都知道,王世贞早年恃才傲物,不曲媚权贵,由此构恶严嵩、高拱、张居正。王世贞一肚皮不合时宜,加之其才华和博学,使人常常将之视为苏轼。到了晚年,王世贞开始反思自己早年行为,对自己当年"是古非今"充满懊悔。此时他认为每个时代都有好的作家,每个作家也都有自己好的作品。王世贞的性格也发生了重大转变,变得宽容大度,"泛爱容众"。李攀龙辞世之后王世贞成了一代文坛盟主,声名非常显赫,很多人"以口不及其人,足不及其门"为耻。王世贞与归有光是乡党,又有亲缘关系,一边是王世贞声名如日中天,另一边却是归有光的多次落榜。王世贞恃才放旷,言语中触痛了归有光,归有光便称王世贞为"庸妄巨子"。王世贞知道后说:"妄则有之,庸则未敢闻命。"王世贞承认自己狂妄,但否认自己"庸"。归有光回敬说:"正因为狂妄所以平庸,没有狂妄而不平庸的人。"当然这些都是一些人从中挑拨传话,实际情况是王世贞晚年非常欣赏归有光的文章,他甚至惋惜自己没能较早与归有光成为好友,没能早日发现归有光文章的闪光之处。

明

诗

仙字啮完还作蠹　古文雕尽仅名虫
——王世贞《将断文字缘作此》

　　王世贞辞官里居,因其强大的社会影响力及感召力,他的隐居生活并不平静,经常有各种各样的人拜访他,向他求诗文,王世贞"泛爱众",不好拒绝。但喧闹的生活让王世贞非常厌倦,为此他每天参禅礼佛。听说王锡爵之女昙阳子有了非凡法力,王世贞经过多次探看,信以为真,于是他与王锡爵等拜昙阳子为大师,此后王百谷、赵用贤、瞿汝稷、冯梦祯、沈懋学、汪道昆、徐渭求等也相继拜昙阳子为师,求仙学道。王世贞为表学仙求道的虔诚,写下了《将断文字缘作此》一诗:

将断文字缘作此

奇人纵可敌杨雄,才鬼那能胜葛洪。

仙字啮完还作蠹,古文雕尽仅名虫。

迂谋欲寄千秋后,夙业都收一寸中。

最好祖龙真解事,谈天非马顿成空。

明

诗

　　王世贞晚年笃信佛道,想了断文字,不再接受别人写碑传文的请托,可是却偏偏不能如愿。"树欲静而风不止",因王世贞在政界、文坛影响力很大,不少人在父母寿诞或辞世时都想请王世贞为自己写寿序,或墓志铭、神道碑之类。当然有人出了诗文集,更是想请作为文坛盟主的王世贞为自己作序,以此提升自己的名望。王世贞为此苦不堪言,他晚年多次在佛前许愿,发誓要戒"笔砚",可是常常人情难却,"笔砚"难戒。有一次王世贞与陈

文房四宝

继儒等人在弇山园缥缈楼上饮酒,酒席宴上大家对王世贞又是一番恭维,有人甚至将其比作苏轼,这时坐在一边的陈继儒借着酒兴说:"您有一件事比不上苏东坡。"听到学生这样说,王世贞好奇地问:"哪一件?"陈继儒说:"东坡先生生平不喜欢给人写墓志铭,而您呢,给人写墓志铭不下四五百篇。我看呀,这一点你好像输给苏东坡了吧。"王世贞听后哈哈大笑,众人也随之大笑。真是"人在江湖,身不由己",很多时候王世贞也很无奈,亲朋好友的请托实在难以拒绝。为别人写文当然会有一笔丰厚的润笔费,然而王世贞本来家境殷实,他对润笔费并不在意。不过王世贞早年嗜书如命,甚至为了一套宋版《汉书》而卖掉了一座庄园。此外,朋友中一些人经济拮据需要周济,加上王世贞自己刊印很多文集,花费也十分巨大,润笔费为这些开支解决了不少问题。

为了表示远离文字,亲近佛道,王世贞修建了恬澹观,等他住进去后就像李攀龙卧于白雪楼一样,闭门谢客。但实际上拜访之人并没有减少,依然有人登门造访。王世贞无奈最后在野外建了一处草舍,为躲避喧嚣住到荒野。

王世贞一生经历了嘉靖、隆庆、万历三朝。作为一代文坛盟主,他站在文坛高峰,受到万人敬仰。他引领复古运动遭受非议。在严嵩、徐阶、张居正、申时行等人进行权力争夺时,他宦海沉浮,多次遭受打击。他体验到了丧父之痛,失子之辛酸,感受到人生的忧患和宦海的险恶。他知识渊博,紧随时代,在倡导古文运动的同时,勇于开拓创新;他风格多样,晚年自悔少作,不断反省自己,为后辈学人做出很好的榜样。

明

诗

晚明诗文　童心至情

　　明代后期社会动荡不安,各类社会思潮涌动,七子派复古运动产生的流弊受到了批判。此时张扬自我、吐露真情的创作之风盛行一时,公安"三袁"脱颖而出,他们受李贽"童心说"的影响,对传统社会价值体系提出质疑,主张张扬个体意识,正视合理情欲,在文学创作上要求独抒性灵,不拘格套。袁宏道创作出了《出郭》《戏题斋壁》等趣味性很强的诗歌。徐渭被视为公安派先驱,虽未提出明确的理论主张,但是对七子派复古颇多批评,他的《夜宿丘园》《海上曲》等诗作写得至情至性,别具一格。同时汤显祖创作出至情之作《牡丹亭》,其"韵若笙箫气若丝,牡丹魂梦去来时"的演出场景,每每让人流泪断肠。那么,晚明童心至情诗歌的背后有着什么不为人知的故事呢?

明诗

伯劳打始开　燕子留不住

——徐渭《述梦》

徐　渭

徐渭才华横溢,机智聪明,却行为怪诞,言语刁刻。他豪放不羁,鄙视权贵,却长期寄人篱下,辗转栖居;他英勇无畏,关心民生,却从未踏上仕途;一生说说笑笑,颠颠狂狂,却受后人敬仰,这个人就是明代文学家、书画家徐渭。徐渭(1521—1593年),初字文清,后改字文长,号天池山人,或署田水月、田丹水,青藤老人、青藤道人、青藤居士、天池渔隐、金垒、金回山人、山阴布衣、白鹇山人、鹅鼻山侬等,绍兴府山阴(今浙江绍兴)人。清代文化名人郑板桥曾经说自己甘愿做"青藤门下走狗",而青藤指的就是徐渭。郑板桥这个怪才,跨越时代,找到了自己的知己;大画家齐白石也是徐渭的崇拜者。齐白石先生对徐渭的崇拜可谓是郑板桥的"续集"。齐白石曾自题诗云:

明
诗

> 青藤雪个远凡胎,老缶衰年别有才。
>
> 我欲九原为走狗,三家门下转轮来。

徐渭的父亲是个五品小官,生母是侍妾。徐渭刚出生,父亲就死了,从此便由嫡母抚养。在徐渭10岁的时候,他的嫡母将他的生母逐出家门,但嫡母对他倒是很好。

由于家贫,徐渭做了倒插门女婿。这在古代可是一件非常没有面子的事情。好在徐渭从小就很出名,也"许配"了一个不错的人家——潘家。潘家对他很好,尤其他的妻子更是温柔贤惠,佩服徐渭的才华。这多少让徐渭在不如意的环境中,得意了一番。但好景不长,潘妻不幸去世。于是徐渭又入赘到王家,没想到,这个王妻是个悍妇,常常捉弄别人。当怪才遇上要朝夕相处的悍妇的时候,就像卸了钳子的螃蟹,只能凭空挥舞一番,嘴里吐几个泡泡罢了。徐渭还是很聪明的,很快就从这种力量悬殊的关系中脱离了出来。由此他更加怀念自己的第一任妻子,写下了一首深情的悼亡诗:

述 梦

　　伯劳打始开,燕子留不住。今夕梦中来,何似当初不飞去。怜羁雌,嗤恶侣,两意茫茫坠晓烟,门外乌啼泪如雨。

明
诗

碧火冷枯根　前山友精崇

——徐渭《夜宿丘园》

　　徐渭在幼年的时候就有才名,本想通过"书中自有黄金屋"这一道路来改变自己的命运,可惜在顺利中了秀才之后,科举之路就成了死胡同,不管徐渭如何努力就是走不通。屡试不第使徐渭有了一些玩世不恭,他把这种情绪表现在诗中,大概也是转移生活压力的一种方式:

夜宿丘园

老树擎空云,长藤网溪翠。

碧火冷枯根,前山友精崇。

或为道士服,月明对人语。

幸勿相猜嫌,夜来谈客旅。

枫桥夜泊

　　这首诗是徐渭35岁时,从绍兴去福建顺昌的路上写的。这段水路风景秀美,但是人烟稀少,难免有些荒僻。在寂寞旅途中,突然从前山来了一个穿道士服的人,站在白晃晃的月光下向诗人说话:请不要猜疑,特来闲聊而已!诗人一下子感觉他像是树精变的。这大概是世界上语言最简练,形式最奇特的鬼故事了。这首诗的意境是那样阴郁和不安,充满了"鬼气",连好意来闲谈的道士,都带着一份恐怖和威胁。这大概是诗人的心理作用。有什么样的心态,便会构造出什么样的意境,由这首诗可见徐渭内心的压抑和阴冷。

长立睥睨间　尽日不得溲

——徐渭对时政的讽刺

徐渭也有关心民瘼的一面,他出身低微,对民生疾苦、世态炎凉看得很清楚。明中晚期倭寇很猖狂,经常从海上对浙江沿海一带进行骚扰和打劫。官府软弱无能,人数并不多的倭寇就把他们吓得仓皇逃窜,留下百姓受苦受难。徐渭看到这些情景总是非常气愤,忍不住对无能的官府进行一番讽刺:

海上曲

暇日弃筹策,卒卒相束手。

四疆险何限,但阻孤城守。

旷野独匪民,弃之如弃草。

城市有一夫,谁不如木偶?

长立睥睨间,尽日不得溲。

朝餐雪没胫,夜卧风吹肘。

彼亦何人斯,炙肉方进酒!

外敌入侵使得守城者甚至没时间去厕所,可是官员们却在一边作乐喝酒。这首诗将没空去厕所与喝酒两种形象对比,暗示官兵苦乐不均,给读者以无限遐想,达到了强烈的讽刺效果。由此说明徐渭有着很强的人间情怀,他的讽刺主要针对那些让人无法容忍的不平事。此外,徐渭还有一首讽刺诗。在嘉靖二十九年的时候,蒙古首领带领骑兵逼到北京城下,在郊区烧杀抢掠一通就大摇大摆地走了。时局已经到了这种地步,朝廷还是没有任何作为。徐渭气愤之极写下了《二马行》诗:

二马行

谁家两奴骑两骢,谁是主人云姓宗?朝来暮去夹街树,经过烟雾如游龙。问马何由得如此,淮安大豆清泉水。胸排两岳横难羁,尾撒圆球骄欲死。阳春三月杨花飞,骑者何人看者稀。 梅花银钉革带肥,京城高帽细褶衣。马厌豢养人有威,出入顾盼生光辉。去年防秋古北口,劲风吹马马逆走。对垒终宵不解鞍,食粟连朝不盈斗。将军见虏饱掠归,据鞍作势呼贼走。 士卒久已知此意,打马追奔仅得骹。天寒马毛腹无矢,饥肠霍霍鸣数里。不知此处踏香泥,一路春风坐罗绮。

作战的战马个个饿得骨瘦如柴,可是有钱人家饲养的马却个个膘肥体壮,甚至都可以参加"健美"比赛了。通过两类马的对比,表达出强烈的讽刺意味。徐渭的目的就是要批判那些损公肥私的当权者。这些人只知道自己享受,在国家遇到危机时他们往往缩头不见。

明诗

短檐侧目处　天际看鸿飞

——徐渭《白鹇》

徐渭并不是只会嘲讽别人,坐而论道,"平日袖手谈心性,临难一死报君王"。他是一个勇于担当的人。他曾经在胡宗宪手下做幕僚,虽身无一职,却几次换上短衣,冒险随军队来到前线,观察形势,然后记录下战事的经过,分析成败的原因,向有关官员提出破敌的方略。源于实践的策略就显得比较切实,不同于一般书生的空谈。这是徐渭一生最为得意的时期。徐渭有大爱好就是喝酒。徐渭做幕僚有了固定经济收入,于是就有钱买酒喝了。他经常与朋友在闹市喝酒,有时总督府有事找他,却经常寻不见人影,而且晚上还得给喝得酩酊大醉的徐渭留门。深夜的时候,有人报告胡宗宪说徐秀才喝得大醉,不省人事,嗷嗷大叫。胡宗宪哈哈一笑,拍着大腿叫道:"好,好个徐秀才。"不要以为胡宗宪脾气好,实际上平常的人遇见他都不敢抬头,因为胡宗宪一般都是紧绷着脸,一副很严肃的样子,可对徐渭却"情有独钟"。徐渭经常戴一块破黑头巾,穿着一身白衣,直闯入门,与胡宗宪谈天说地,旁若无人。

胡宗宪性情豪爽,徐渭对他很敬佩。胡宗宪对徐渭也很宽容,根本不用日常的礼节约束他。二人可谓惺惺相惜。不过胡宗宪攀附讨好严嵩却让徐渭很不痛快,可他没办法,在这一点上徐渭表现出少有的屈服。不过他的真心却表现在诗里了。胡宗宪曾送给他一只白鹇,徐渭还写了一首诗回赠胡宗宪:

白　鹇

明诗

·161·

白　鹇

片雪簇寒衣,玄丝绣一围。

都缘惜文采,长得侍光辉。

提赐朱笼窄,羁栖碧汉违。

短檐侧目处,天际看鸿飞。

　　诗中以白鹇自喻,表达了作者对胡宗宪的感激之情。白鹇之所以能这样悠闲,主要是因为有人珍惜,暗射胡宗宪对诗人的关爱。全诗紧接着一转,写到白鹇被装在一个小小的笼子里,抬头看天际自由自在的飞鸿,内心还是很寂寥。作者隐晦地表达了自己想要脱离总督府、获得独立自由的愿望。据说后来那只白鹇死于虱害,而胡宗宪也因为严嵩的缘故,死于权利争斗。徐渭也因为害怕受牵连而发狂。

明
诗

山径寻君重复重　小楼百尺卧元龙

——徐渭《雪中访沈嘉则于宝奎寺之楼居》

　　徐渭也有碰钉子的时候。他有个好朋友叫沈名臣(字嘉则),以前与徐渭同为胡宗宪的幕僚,后来隐居在杭州宝奎寺中,深居简出,不再会亲友。有一天,徐渭费了一番周折才打听到了沈名臣的住处,兴冲冲地斋戒沐浴,然后去拜访沈名臣。这一天,天上正飘着鹅毛大雪,徐渭花了很长时间才找到沈名臣住处。他本想到老友相会,围炉而坐,促膝长谈,会十分惬意。不料沈名臣对徐渭的意外出现却毫无兴趣,竟然独卧小楼,闭门不见。一见此景,徐渭的心里如同外面的天气一样冰冷,心情岂是一个郁闷了得。徐渭无奈从沈名臣房宅的窗口向外面张望,看到数枝寒梅凌寒绽放,好像沈名臣一样傲然。再向远处一看,这天地白茫茫一片,峰峦掩映,好一片美丽的冬景。心下说:"哎!算了,权当来赏雪景了。"回到家里他写下了一首诗:

雪中访沈嘉则于宝奎寺之楼居

山径寻君重复重,小楼百尺卧元龙。

安窗偏向梅花角,去映江天雪数峰。

　　诗歌的第二句用了一个典故:东汉陈登有一位好友叫许汜,有一次,许汜登百尺楼拜访陈登,结果陈登很轻视他,自己卧在大床上,让许汜卧小床,也不热情招待他。徐渭就用这个典故来书写自己被冷遇的经历。可见,直到写这首诗的时候,徐渭也不知道他的朋友为什么无视他,这让他很伤心。

　　徐渭成年后,去过最多的地方是杭州。有一年春天,徐渭游览杭州,他起了个大早来到苏堤。看着这美丽的景色,徐渭不觉诗兴大发,吟出:"西湖景致刘吊桥,种株杨柳嵌株桃。"他溜达着来到孤山,看到一群文化人正在赋诗作画,送别友人。徐渭便不请而至,径自来到这群人中间。为首的人看到一个不体面的

杜 鹃

人来到他们中间，还表现出一副目中无人的样子，心里很生气。于是想要讥讽徐渭一下，于是说："我们在这里作诗送客，这位兄台要不是走错了地方就留下来吧，我们一会好向您请教作诗的学问。"周围的人都忍不住笑出了声。主持人也是一脸得意，便把一副装裱精致的手卷递给徐渭。徐渭大方地接下来，丝毫没有走的意思。徐渭展开一看是一副《柳亭送别图》。这幅图还算有几分功力，可是再看这题画诗，就不堪入目了，但是徐渭也没说什么。可是主持人不高兴了：这明摆着是个文盲嘛，啥也不懂。于是他阴险地说："您看起来像是一位有才学的人，在下很想求见您的墨宝。"

徐渭无视他的嘲讽，拿起笔向亭外看看，挥笔写道："东边一棵柳树，西边一棵柳树，南边一棵柳树，北边一棵柳树。"真有点像鲁迅的"我家后院有两棵树，一颗是枣树，另一颗还是枣树"。这帮文人看完这四句，脸都绿了，个个扶额叹息，好好一副手卷就让他这么给糟蹋了呀！他们刚想责备，就见徐渭又动笔了："纵然碧丝千百条，哪能绾得行人住！"大家看到这两句的时候，眼睛里瞬间流露出崇拜的目光。诗的后两句加上前四句，呈现出情景交融的新气象；前四句的通俗因后两句的雅致而更添风趣。这时山谷中的布谷鸟也来给徐渭叫好，清脆的鸟鸣响在耳边。只见徐渭略微思考了一下，一气呵成："山前杜鹃宇，山后杜鹃宇，山上杜鹃宇，山下杜鹃宇：'不行得也，哥哥！''不如归去！'"徐渭写完后，便扬长而去，留下一个潇洒帅气的背影。等众人反应过来并经多方打听，才知道他们遇到了一代才子徐文长。这件事被人传为美谈。每年每当人们听到山谷中的布谷鸟鸣叫时，就不禁想到徐渭的诗，最后竟然把这个地方叫作"空谷传音"。

明
诗

百岁双飞原所志　不求国难表忠臣

——徐渭《节妇》

　　徐渭放荡不羁的性格，缘于他不守礼法的思想。他对妇女守节等问题有着自己独到的看法。明代民间有很多"贞节牌坊"，这是专门为那些不改嫁、守节操的寡妇，甚至是殉夫的女子建造的，以示表彰。但是这中间有很多辛酸血泪：有些女子刚嫁到夫家，有的甚至只是订婚，连丈夫长什么样子都没见过，如果丈夫死了，有孩子和老人的就要守一辈子活寡，有的甚至还要给自己的丈夫殉情。所以，每个牌坊下面都埋葬着鲜活的生命，或几十年美好的青春。这一风气自宋代理学兴起后，就一直深深地根植在人们的思想中。到了明代中后期，很多人开始对这件事进行反思，比如吴敬梓写的《儒林外史》就专门写了腐儒王玉辉撺掇女儿殉节，在女儿死后还疯疯癫癫地仰天大笑，说："死得好！死得好！"对此，徐渭也发出了不同的呼喊：

贞节牌坊

明诗

节　妇

　　缟衣綦履誉乡邻，六十年来老此身。

　　庭畔霜枝徒有夜，镜中云鬓久无春。

　　每因顾影啼成雨，翻为旌门切作鼙。

　　百岁双飞原所志，不求国难表忠臣。

　　这位节妇已经守节六十年了，这么多年来，她从一个美貌的妙龄少女变成了一个白发苍苍的老妪。徐渭走入节妇的心里，为她说出：我希望两人白头偕老，并不要这好似国难时表彰忠臣的贞节牌坊呀。虽然徐渭只是通过一个节妇的遭遇来抒写自己对守节的不满,但诗中并没有明确批判节妇现象的语句。不过,相对于那些给节妇现象拍手叫好的人来说,徐渭的想法已经很进步了。不仅如此,徐渭的剧本《四声猿》中有两个剧本《雌木兰》和《女状元》,都展现出女性也有着和男儿一样的聪明才智,也能做男儿能做的事,而且做得很好。明末一个女诗人看了徐渭写的《四声猿》。写下了一首具有强烈女权色彩的词:

沁园春·读《四声猿》

才子祢衡,鹦武雄词,锦绣心肠。恨老瞒开宴,视同鼓史;掺挝骂座,声变渔阳。豪杰名高,奸雄胆裂,地府重翻姓字香。玉禅老,叹失身歌妓,何足联芳。 木兰代父沙场,更崇嘏名登天子堂,真武堪陷阵,雌英雄将;文堪华国,女状元郎。豹贼成擒,鹗表新赋,谁识闺中窈窕娘。须眉汉,就石榴裙底,俯伏何妨。

尤其最后一句"须眉汉,就石榴裙底,俯伏何妨",霸气外露。作为一个古代女性,发出这样的心声实属不易,可见受徐渭影响之深。徐渭对夫妻之间彼此忠贞非常重视。他在突然发病时怀疑继室不贞而杀死她,由此惹上牢狱之灾。起初徐渭发狂经常自虐,手段非常残忍。据说徐渭发病时用斧子劈头,血流满面,头骨都折了,他还继续蹂躏自己,揉着骨头,咯咯作响。徐渭还用锥子扎自己的耳朵,竟然都没有死。既然自杀未遂,他就把有出轨嫌疑的继室杀了,犯了故意杀人罪。

明
诗

史甥亲携八升来　如椽大卷令吾画

——徐渭《又图卉应史甥之索》

　　大概是因为徐渭杀人时精神不正常，他在蹲了几年监狱后，便被宽大处理，放了出来。虽然不再发狂，但是徐渭性情更加古怪，他的生活也更加潦倒了，主要靠卖画为生。徐渭经济很拮据的时候，谁给的价钱合适就把画卖给谁，但是只要稍微宽裕些，他的画就不好得到了。尤其是官宦，他更是不给画。徐渭晚年不愿和人打交道，患上"社交恐惧症"，只和一群门生、晚辈们玩闹。这些小辈经常赖皮求画，徐渭心里也明白，但是睁一只眼闭一只眼地就画了。有一天他的晚辈亲戚史槃又来向他要画。这小子很机灵，知道徐渭爱吃大螃蟹，又买不起，于是他就提着几个张牙舞爪的小东西来讨好徐渭，趁着徐渭高兴，要张画收藏。徐渭自然抵不住美食香酒的诱惑，就给史槃画了一张，还写了一首诗来记录作画的景象：

又图卉应史甥之索

陈家豆酒名天下，朱家之酒亦其亚。

史甥亲携八升来，如椽大卷令吾画。

小白连浮三十杯，指尖浩气响成雷。

惊花蛰草开愁晚，何用三郎羯鼓催？

羯鼓催，笔兔瘦，鳌蟹百双，

羊肉一肘，陈家之酒更二斗。

吟伊吾，进厥口，为侬更作狮子吼。

　　这首诗描写了徐渭在喝得最欢畅的时候，狂涂一气，气概不可一世。这种写意式的画作和徐渭自由奔放的个性完美契合了。对于这些小辈，徐渭还是有长者风范的，从不斤斤计较，只要他们哄得徐渭开心，画就成了。可是对于他不想见的人，他的拒绝方式也非常直接。据说有人来敲门，徐渭叉着腰喊："你谁呀？"外面的人报上大名，说找徐渭。徐渭直接喊："徐渭不在！"

天寒地滑鞭者愁　宁知得去不得去

——徐渭《廿八日雪》

徐渭晚年很多诗歌写得很特别,没有严密的结构、巧妙的构思、刻意的剪裁、华丽的雕饰,甚至没有过去常用的刻薄语言。有的是平淡和没有征兆的转换,很像西方的意识流作品,没有重点,好像谈天一样,又像是自言自语:

廿八日雪

生平见雪颠不歇,今来见雪愁欲绝。

昨朝被失一池绵,连夜足拳三尺铁。

杨柳未叶花已飞,造化弄水成冰丝。

此物何人不快意,其奈无貂作客儿。

太学一生索我句,飞书置酒鸡鸣处。

天寒地滑鞭者愁,宁知得去不得去?

不如着屐向西头,过桥转柱一高楼。

华亭有人住其上,我却十日九见投。

昨见帙中大可诧,古人绝交宁不罢,

谢榛既举为友朋,何事诗中显相骂?

乃知朱毂华裾子,鱼肉布衣无顾忌!

即令此辈忤谢榛,谢榛敢骂此辈未?

回首世事发指冠,令我不酒亦不寒。

须臾念歇无些事,日出冰消雪亦残。

这首诗讲了三件事情。第一件事是在这冰天雪地的时候,徐渭的棉被被偷,夜里冻得僵硬如铁,没心思欣赏美丽的雪景。第二件事是国子监里有个学生想宴请徐渭,请他作诗,可是天寒地冻,没法去,索性就顺便拜访一下老朋

明
诗

友。第三件事是想到昨天看到了李攀龙、
王世贞在诗中骂谢榛,心里替谢榛鸣不
平。徐渭无法理解曾经是好友,即使绝
交,干嘛非要写诗骂人呢?写到第三件事
时,徐渭心里有些愤怒,可是马上意识到
这是别人的事,说什么都无济于事,于是
也就没什么好挂怀的,全诗就这样淡淡地
结尾。这种诗在中国诗歌史上很特别,要
是细读似乎也有线索。那就是雪天。但
这条线索很不明晰:由于雪天被子被偷,

雪

内心苦闷又气愤,想到谢榛的遭遇,心中感慨天下寒士的不容易,最后自己经过
一番思想活动想通了,苦闷就像雪消融了一样。先不说这种诗的价值怎样,起
码这样创新的尝试就值得学习。

　　前面已经说了,晚年徐渭的日子很不好过,经常买不起酒,偶尔家里还能储
存一点酒,一个人郁闷时就自斟自饮。有一天赶巧,刚拿出酒瓶,就来了三个朋
友:一个穷秀才、一个老和尚、一个郎中。三人一进来就看见徐渭手里的酒,高
兴地说:"咱哥三运气不错呀,一来就有酒喝,哈哈。"徐渭摇了摇壶里的酒说:
"有朋自'远方'来,本应该痛饮一番,只可惜这几两酒就够每人一口。如果谁都
喝不痛快,还不如一个人喝个痛快。"徐渭当然想成为那个能喝得最痛快的人,
于是就建议作诗,谁作得好,谁就把酒喝光。可是这诗是有要求的,诗的第一句
里要有个"天"字,第二句有个"地"字,然后"左、右""前、后""三、四"这样换,最
后一句要有个"心"字。

　　其他三人也都是作诗的能人,自然不怕,欣然答应了。秀才心急先作了一首:

　　　　天子门生,状元及第(与地同音),
　　　　左探花右榜眼,前呼后拥。
　　　　三篇文章,四海闻名,好不欢心。

　　诗还是很不错的,切中主题,符合身份。大家也给予了一致肯定。秀才的
眼睛直勾勾地盯着酒瓶,手也伸了出来。这时候老和尚不愿意了:"等等,着哪
门子的急呀,老衲还没作诗呢。"

明
诗

于是老和尚吟道：

上有天堂，下有地狱，

左金刚右菩萨，前韦驮后观音。

三支清香，四跪八拜，一片诚心。

老和尚自认为自己的诗不错，也要去拿酒瓶。郎中急了，抓着和尚的手就说：

天门冬地骨皮，左防风右荆芥，

前胡厚（后）朴。

三片生姜，四粒红枣，一支灯芯。

真是了不得了，药方都入诗了，可见这郎中真是费了一番功夫。老和尚和秀才都甘拜下风。徐渭看着他们三个人都有些受不了了，心里盘算着这酒必须进我的肚子呀，敲敲桌子说："各位兄弟，我还没作诗呢。"紧接着就用悲苦的语调吟道：

天上无片瓦，地上无寸土，

左无门右无户，

前没围墙，后没遮拦。

三两黄酒，四人想喝，何忍于心。

明诗

三人听完后，脸上都流露出同情哀伤的神态，拍了拍徐渭的肩膀就起身走了。徐渭"哭穷"很成功。看到那三个人走了，徐渭欢快地抱着酒壶美滋滋地喝了起来。

虽说有人觉得这件事是杜撰的，但实际上徐渭晚年就是这么凄凉。他有很多诗，比如《卖貂》《卖画》《卖书》等，都可以看出他经常靠典当来维持生计。到当铺里就要与里面的"朝奉先生"打交道。看过《大宅门》的人大概都知道这个职业，其实就是当铺里估价的伙计，看到一件华丽的貂皮大衣敢说："破皮袄一件，光板儿没毛儿。"徐渭经常光顾的当铺里的朝奉先生就是个狠心的家伙。他对穷人横挑鼻子竖挑眼的，杀价杀得很厉害。徐渭心里那叫一个气愤，于是就

在当铺对面墙上画了一幅特别的"丹凤朝阳"：有一只凤凰朝着太阳，凤凰下面却画了一只很脏的猪猡。

丹凤朝阳

对面当铺的朝奉看了画问徐渭："'丹凤朝阳'我见过的多了，都是一只凤凰朝着太阳，你这怎么还有只猪猡呀？"

徐渭说："您老人家不知道呀，我这画的是'双朝'，您总见的那个是'单朝'。您想这上半节是'丹凤朝阳'，不知道您这么聪明，能不能给下半节也取个相似的名字呢？"朝奉想了一下，自鸣得意地说："你看'猪猡朝凤'怎么样呢？"徐渭眉开眼笑地说："好，好，这个名字不错呦。"然后大笑着离去了。过了好大一会儿朝奉才反应过来："徐渭这小子骂我'猪猡朝奉'"。

今日逢凶偏化吉　一堂吊客贺新郎

——徐渭《红白诗》

对于徐渭这样一位才智不凡的人来说,很少有能使他为难的事。但是这次他碰到了一件棘手的奇事,真是伤了他的脑筋。

原来徐渭有个邻居叫何之岩,很是迷信鬼神之说,自己的老婆病在床上,眼瞅着只有进的气,没有出的气。于是想到了给儿子娶媳妇,说是冲冲喜,这样黑白无常就不敢来家里索命。谁知新媳妇刚娶进门,老婆就断气了。红白事赶到了一起,这可怎么办呢?

亲友们当然也很尴尬,哭也不是,喜也不是。大家你瞅瞅我,我瞅瞅你,面面相觑。

到了晚上,何之岩还是照例开了宴席请亲友们就座。然而屋子里红白蜡烛交相辉映,客人们脸上的表情总不能左高兴右伤心吧。正在这时,徐渭走了进来。亲友们一见是他,都觉得有了救星。因为他们深知此公乃高明人士,所以都拿眼瞅着徐渭,看他有什么主意。徐渭自己也没有经历过这样的事情,但他毕竟不是凡夫俗子,于是灵机一动,叫人笔墨伺候,挥笔写了一首诗:

明诗

红白诗

红烛银烛两辉煌,月老无常共举觞。

今日逢凶偏化吉,一堂吊客贺新郎。

这首诗一下子打破了尴尬场面,大家终于可以心安理得地坐下来享用酒席了。

笔底明珠无处卖　闲抛闲掷野藤中

——徐渭的题画诗

　　徐渭能诗能文又能作画,经常在自己的画上题一首诗。螃蟹是徐渭最喜欢吃的美味,所以经常出现在他的诗、画中。他的名画《黄甲图》,画的是一只肥硕的螃蟹在荷叶下爬行。这幅画上附了一首诗:

《黄甲图》

　　　　兀然有物气豪粗,莫问年年珠有无。
　　　　养就孤标人不识,时来黄甲独传胪。

　　徐渭的科举之路很不顺畅,这是这个才子唯一觉得无能为力的事情。他的才情是一般人比不了的。在胡宗宪的府上,面对一些事件,徐渭都能提出很多合理的建议。既然在自己身上找不出问题,徐渭自然就想到了科举的不公平。他画完螃蟹后,看到螃蟹在画上张牙舞爪的样子,突然间就觉得很像那些没有才学的进士。因为考中进士的人的名单是写在黄纸上的,所以也用“黄甲”这个词来代指考中的进士。徐渭还有一幅画很出名,上面的诗也很出名。这就是他的《墨葡萄图》。这幅图画得如疾风骤雨一般,葡萄藤上枝枝叶叶,纷繁垂荡,水墨淋漓。而题在画上的诗更是狼藉恣睢,纷纷扬扬:

明
诗

　　　　半生落魄已成翁,独立书斋啸晚风。
　　　　笔底明珠无处卖,闲抛闲掷野藤中。

《墨葡萄图》

　　这首诗是徐渭对自己人生的总结,他说自己是个落魄而孤傲的老头,他的画也像他自己一样不被人重视,被丢弃到一旁。他自然不会料到,后人非但没有将他忘却,而且将他的诗和画奉为珍宝。即便是在他所在的时代,他的画也完全不像他自己说的那样被人闲置。在当时就有很多人喜欢徐渭的画。据说徐渭门外总有许多"蹲点"等他抛弃草稿的人,足见时人对他的画作的喜爱程度。

　　晚年的徐渭生活闲适,每天就和朋友晚生们作诗、画画、品酒。虽然清贫,心情还挺不错。但随着年龄的增加,生活更加拮据,作画的精力也大不如前。好在还能写写诗,坐在家门口看看外面的风景。街上的孩子们都在放风筝,徐渭看着这些嬉闹的孩子浮想联翩。大概人老了真的会留恋儿时的嬉戏。徐渭晚年的一些纸鸢诗很通俗,他自己也说这些诗都是"张打油叫街语"。打油诗是一种用词通俗且富有趣味性的诗。这种诗的内容也比较日常化。唐代有个叫张打油的人很会作这种诗,其中一首很有名的大家都知道:

咏　雪

江上一笼统,井上黑窟窿。

黄狗身上白,白狗身上肿。

纸鸢图

　　徐渭的这类诗火候老道,充满童趣,让人看过之后莞尔一笑。诗中的小孩子天真烂漫,淘气可爱。徐渭看着孩子们放纸鸢断了线,想到了自己小的时候:

题风鸢图

其　一

我亦曾经放鹞戏,今来不道老如斯。

哪能更驻游春马,闲看儿童断线时。

　　可见徐渭小的时候也是一个顽皮的孩子,然而如今已经成了白发苍苍的老人。唏嘘时光不再,好在童心未泯,他在想什么时候能再骑马春游,一览田家之美景。

题风鸢图

其 二

偷放风鸢不在家,先生差伴没处拿。

有人指点春郊外,雪下红衫就是他。

徐渭可以通过诗将童趣生动地表现了出来:郊外顽童忙趁东风放纸鸢,私塾老先生找不见学生,拄着拐杖在雪地里蹒跚而行,那身上的一抹红色,似雪地里怒放的一束海棠花。

题风鸢图

其 三

春风语燕泼堤翻,晚笛归牛稳辈眠。

此际不偷慈母线,明朝孤负放鸢天。

这首诗表现的是一个放牛小儿郎偷了母亲的线,憧憬着明朝放纸鸢时的欢乐。纸鸢伴着南归的燕子,在和煦的春风中自由自在。这些诗里所描写的童真,读来让人一阵阵的感动。它们也温暖着年迈的徐渭。

徐渭的书屋有一副对联:两间东倒西歪屋,一个南腔北调人。徐渭这一生曲曲折折,

青藤斋

明 诗

就像他10岁生日时,在读书的榴花书屋前亲手种下的一株青藤。幼小的青藤长大,势若虬松,茂盛曲折,绿荫如盖,成为徐渭曲折一生的历史见证。

玉茗堂开春翠屏　新词传唱《牡丹亭》

——汤显祖《七夕醉答君东》

汤显祖

"原来姹紫嫣红开遍，似这般都付与断井颓垣。良辰美景奈何天，便赏心乐事谁家院！朝飞暮卷，云霞翠轩。雨丝风片，烟波画船——锦屏人忒看的这韶光贱！"这是明代曲作家汤显祖名剧《牡丹亭》中杜丽娘的一段唱词。这一段著名唱词将女主人公那种久经压迫和终于得到释放时的心情表现得淋漓尽致。

汤显祖（1550—1616年），字义仍，号海若、清远道人，晚年号若士、茧翁，江西临川人。在十六世纪，能够出现一位足以和莎士比亚鼎足而立的中国戏剧作家，不能不说是文学界的奇迹。

说起来，汤显祖和张居正还有过一段鲜为人知的故事。这是怎么回事呢？原来张居正也懂得富不过三代的道理，虽然自己身居高位，但是几个儿子实在没什么大出息，所以他想到可以通过考试造假这样一条道路，将自己的儿子送到权力的高位。毕竟是造假，所以张居正很谨慎，于是他想到让两个有名气的才子与自己的儿子一同上榜。一方面可以让人觉得中榜的人确实实至名归；另一方面，也是想衬托自己的儿子。于是他想方设法和汤显祖结交，但汤显祖从另一个内定人沈懋学那里知道了张居正的不良居心。

不久张居正派堂弟张居直去做说客。张居直虽然满口答应，但是心里也犯嘀咕，这个汤显祖他还是有一定的了解的，不好伺候。可是等见到汤显祖的时候，汤显祖显得非常热情。张居直心下很欢喜，觉得有戏。汤显祖看他一脸得意，心里觉得好笑，就说："哎呀，你我能在京城相聚真是不容易。本来可以秉烛夜谈的，可是最近马上就要会试了，外面对首辅大人，还有嗣修兄（张居正之子）有些风言风语。这些本是空穴来风，可是咱俩交往过密，授人以柄，以假变真，

给丞相大人带来麻烦可如何是好？"汤显祖没等他喘过气来，接着又说："您老人家也不晓得避避嫌，还在街上瞎跑什么呀？要是落得个为考试买通关节的罪名，那可怎么办呢？首辅大人操持国家公务，这些小事大概是没注意吧，您在身边倒是出力提醒一下呀。"张居直的一口茶还没下肚，倒是品出汤显祖的话不大对味儿。张居直急了，责问道："你哪只眼睛看见家兄为子侄打通关节了？就是怜惜你们这些人才而已，反遭到你这不知好歹的侮辱。"汤显祖笑得更明显了，但是做出了惶恐的样子说："您老人家怎么说话呢？给子侄打通关节这种龌龊事儿，我只听说秦桧干过。他强迫主考官将自己的孙子写成第一名，结果主考官陈阜卿没搭理他，第一名取了陆游，听说秦桧那张老脸都挂不住了。那秦桧可是大奸臣一个，能做出这种事倒也不稀奇。但是首辅大人是人人敬仰的名臣，对他这方面的品质我还是放心的。要你们避嫌，也是我的一片好心。"张居直已经气得说不出话了，颤抖着手指着汤显祖说："太没分寸了，太不像话了。"逃也似的跑了。

这次汤显祖果然与进士无缘，但是汤显祖的名声却不胫而走。说起来还是拜张居正所赐。

汤显祖仕途不顺，使他更加醉心戏剧创作。他有一首诗写道：

七夕醉答君东二首（其一）

玉茗堂开春翠屏，新词传唱《牡丹亭》。
伤心拍遍无人会，自掐檀痕教小伶。

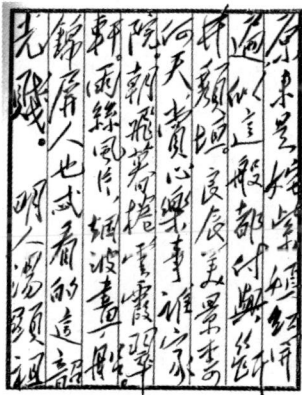

《牡丹亭》手稿

汤显祖为什么要说"伤心拍遍无人会"呢？这就涉及当时戏曲界的分歧。我们知道，在明代剧坛上，沈汤之争是一个由来已久的话题。这里的"沈"指的就是当时和汤显祖齐名的沈璟。沈璟强调戏曲的音律，但是汤显祖更重视戏曲的意境。为了佳句，不惜突破曲律的束缚，但是戏曲曲律是经过长时间的演变逐渐成熟起来的。所以《牡丹亭》在各地排演时经常被习惯性删改，这让汤显祖很不高兴。汤显祖时不时粉墨登场，亲自参与到自己的戏剧演出中去。他当然会说"伤心拍遍无人会"。还有一个解释，说汤显祖虽然因戏曲留名后世，可实际上这是他的个人爱好。最初他并没有把它作为自己的事业。因为汤显祖还是希望自己能做官，有一番作为，实现自己的政治抱负。他心中怀揣着浪漫的理想，想在这个他无法掌控的、混乱的、奸诈的官场上实现自己的政治抱负，然而事与愿违。所以也有人认为他这句诗不过是发牢骚罢了。

明诗

徘徊今夜月　孤鹊正南飞

——汤显祖被贬

　　张居正去世之后,汤显祖终于考中了进士。可张居正的"接班者"申时行同样不看好他,所以汤显祖一再被贬,最后到了广东徐闻县做县令。徐闻县在雷州半岛的南端,据说在这个地方太阳都不能朗照,瘴气肆虐。汤显祖刚被贬到那里时忧郁的心情可想而知:

秋发庾岭

枫叶沾秋影,凉蝉隐夕晖。

梧云初掩霭,花露欲霏微。

岭色随行棹,江光满客衣。

徘徊今夜月,孤鹊正南飞。

　　不愿意也没办法,简单收拾了一下行李,就上路了。诗人观赏着无边的美丽秋景,觉得自己是一只没有贤君眷顾的孤鹊。汤显祖来到这里后,心里很是压抑。他听村民私下里聊天说还有一个人也是被朝廷发配来的,汤显祖很想见一下。有一天,远处来了一个衣衫褴褛的人。他走近一看,原来正是昔日对头张居正的儿子张嗣修。然而此刻他却对张嗣修产生了同是天涯沦落人的惺惺相惜之感。原来,张居正倒台后,他的家人自然逃不过被发配的命运。张嗣修被抄家流放到这个偏僻的地方,境遇非常凄惨。现在的张嗣修哪里还有当年权相公子的样子。世事无常,这件事也让汤显祖唏嘘不已。

　　当时朝中一些正直的官员有感于汤显祖的才华,设法将他调到距离温州不远的遂昌做知县。这个地方人杰地灵,物阜民安,加上汤显祖的精心治理,人民衣食无忧。汤显祖爱上了遂昌,爱上了这片土地上淳朴的人民:

即事寄孙世行吕玉绳二首

其　一

平昌四见碧桐花，一睡三餐两放衙。

也有云山开百里，却无城郭凑千家。

长桥夜月歌携酒，僻坞春风唱采茶。

即事便成彭泽里，何须归去说桑麻。

其　二

偶来东浙系铜章，只似南都旧礼郎。

花月总随琴在席，草书都与印盛箱。

村歌晓日茶初出，社鼓春风麦始尝。

大是山中好长日，萧萧衙院隐焚香。

　　对汤显祖来说，这几年为官生涯委实逍遥自在。虽远离京城，但此地风景宜人，而且时有友人"把酒话桑麻"，恰似生活在桃花源。阳春三月，三五友人携手同上青山，觥筹交错，诗酒风流：

石门泉

春虚寒雨石门泉，远似虹霓近若烟。

独洗苍苔注云壑，悬飞白鹤绕青田。

　　只是不知道这白鹤是不是汤显祖要归隐的征兆呢？是不是他终于对政治失去了狂热，要做一个普通的老人，过一些平静的生活了呢？

明诗

赖是年来稀骏骨 黄金应与筑台高

——汤显祖《感事》

汤显祖辞官后回到了家里,每天和一些梨园弟子研究他的戏剧创作和唱腔。但对一个伟大的作家而言,关心人民疾苦使他们的作品永葆光彩。

明神宗万历二十六年,北京一带大旱,可是神宗皇帝一面在皇宫中焚香祈雨,一面又加重税赋,农民苦不堪言。而皇帝身边的一些谄媚大臣却不顾人民死活,只忙活着为皇上的龙体担忧。汤显祖觉得很荒谬,烧个香还能累死吗?于是他将讽刺的矛头指向了万历皇帝朱翊钧:

感 事

中涓凿空山河尽,圣主求金日夜劳。

赖是年来稀骏骨,黄金应与筑台高。

这里汤显祖用了一个典故,就是燕昭王筑黄金台招贤纳士的故事。七雄争霸之时,燕国相对弱小,总受人欺负。燕昭王一心想要使燕国壮大以摆脱这种任人欺凌的境地。可是发出了招贤纳士榜,应聘者却寥寥无几。于是他决定建黄金台来招揽天下贤士。这时有个智者郭隗说:"从前有个国君,听说民间有匹难得的千里马,于是派手下重金购买。可是等找到马的时候,马已经死了。手下花五百两黄金买下了死马。国君一见,拍案大怒。那人说:'大人息怒。您想想,您连死马都肯花五百两黄金买来,这事情要是传出去,还愁没有千里马?'果然不到一年,就得到了三匹千里马。现在大王决心要招贤纳士,我愿做那匹死马。"昭王觉得

招贤纳士

这说法在理儿，连连点头称是。随后，昭王任命郭隗当了宰相，责成他马上动工建造黄金台。

汤显祖借用这个典故，嘲讽当今皇上只想着怎样搜刮民脂民膏用于他的奢侈享受，而不是招贤纳士以使国家富强。我们知道，万历皇帝临位之时，国家大事一应由首辅张居正处理，国家基本上和平无事。张居正去世后，万历皇帝也算是不负众望，勤勉于国事。发动"万历三大征"，先后平定了孛拜、杨应龙叛乱，帮助藩国朝鲜击退了日本的侵略，一度实现了万历中兴。然而后期的万历皇帝整日沉湎于酒色，深居后宫，任情纵欲。史称"帝二十年不接见大臣……国家几于玉沉"。与此同时，女真在东北迅速崛起，在萨尔浒之战中击败明军。此后，大明王朝国事衰微，摇摇欲坠。所以有论者认为"明之亡，不亡于崇祯而亡于万历"。对于明帝国的内忧外患，汤显祖显然心急如焚。他大胆地写诗针砭事实，矛头直指最高统治者万历皇帝：

闻都城渴雨，时苦摊税

五风十雨亦为褒，薄夜焚香沾御袍。
当知雨亦愁抽税，笑语江南申渐高。

申渐高是五代时江南吴国的伶人。相传有一次都城广陵大旱，徐知诰问左右："近郊下雨，为什么就都城不下呢？"申渐高戏谑地说："那是因为雨害怕它下了，赋税就更高了，所以不来首都。"明朝后期，天灾人祸，民不聊生。皇帝一面焚香祈雨，一面又通过加重对人民的剥削来满足自己的奢侈享乐。汤显祖借天公来讽刺皇帝，用一个巧妙的典故来反衬万历帝的丑恶用心。

明诗

韵若笙箫气若丝　牡丹魂梦去来时

——汤显祖之戏曲流芳

　　汤显祖写了很多剧本,比如:《紫钗记》《邯郸梦》《南柯梦》等,最出名的就是《牡丹亭》了。这部剧脱稿不久就被搬上了戏台,汤显祖也作为嘉宾被邀来观看。有诗为证:

滕王阁看王有信演《牡丹亭》

其　一

韵若笙箫气若丝,牡丹魂梦去来时。

河移客散江波起,不解销魂不遣知。

其　二

桦烛烟销泣绛纱,清征苦调脆残霞。

愁来一座更衣起,江树沉沉天汉斜。

　　从这两首诗足见当时《牡丹亭》受人喜爱之程度。据传,当时扬州城有一位16岁的才女,名叫小青。然而正值豆蔻年华的小青却被一个姓冯的商人看中,强行要她做了小妾。这家大夫人对小青百般虐待,小青凄惨的生活无处诉说。当她看到《牡丹亭》后,想到自己悲苦的命运,于是写下一首诗:

读牡丹亭绝句

冷雨幽窗不可听,挑灯闲看《牡丹亭》。

人间亦有痴于我,岂独伤心是小青。

　　原来人间有这么多痴情的人儿,为什么单单我要这么伤心呢? 诗成不久,

明诗

牡丹亭

小青就郁郁而死。死后她手里还紧紧攥着《牡丹亭》，上面泪迹斑斑。

《牡丹亭》搬上戏台之后在多地传唱，吕胤昌认为其中有些句子不合音律，便自作主张做了不少改动。汤显祖知道后哑然失笑，说："过去有人觉得王维画的冬景里有芭蕉不符合常理，于是把芭蕉改成了梅花，这样的冬景确实是冬景，但是已经不是王维的冬景了。"汤显祖还为这件事写了一首诗：

醉汉琼筵风味殊，通仙铁笛海云孤。

纵饶割就时人景，却愧王维旧雪图。

汤显祖一生创作了丰富的戏剧作品，尤其是他的"玉茗堂四梦"，如花间美人般照耀了痴情男子的心灵。他将自己的才华和对生活、对历史的感悟完美地结合在一起，给后人留下了灿烂的艺术宝库。他关心人民疾苦，大胆地针砭时弊，表现了我国古代知识分子伟大的道德情操，值得后人敬仰。

明
诗

一日为师终生父　谨请先生谅晚生

——三袁齐中举

　　明代万历年间,湖北公安县袁姓的一家三个儿子都考中了进士。不仅如此,后来他们三兄弟还引领了一时的文学新风尚,开创了明代有名的文学流派——公安派。长子袁宗道,字伯修;老二袁宏道,字中郎;老三就是袁中道了,字小修。他们家世代从事农业生产,家境颇为富足。他们的外祖父是有名的进士,两个舅舅,一个是举人,一个是进士。父亲袁士瑜从小立志考取进士,奈何时运不齐,久困科场,眼看自己的儿子一个个都出生了,终于还是放弃了科举之路,将希望寄托在三个儿子身上。好在这三兄弟都聪颖好学,在父亲殷切期望的鞭策和舅舅循循善诱的教导之下,三兄弟相继考中了进士,传为一时美谈。在古代,如果儿子考中进士,授予官职,他的父亲也会被授予相同的官衔,只不过是徒有虚名罢了。但三个儿子如此争气,做父亲的也就毫无怨言了。

　　据传,三兄弟考中进士后回家办"谢师宴"。这时袁家高朋满座,仆人们忙忙碌碌,全家上下喜气洋洋。但是有一个人却郁郁寡欢,愁容满面,他就是刘福锦。刘福锦是老三袁中道的启蒙老师。所谓启蒙者,就相当于现在的幼儿园老师,试想,对于自己幼时的教师,能够记得他们的有几个呢? 于是刘福锦被三郎中道淡忘在了角落。他实在忍不住了,就让家仆给袁家捎去一封信,信上写了一句话:"高塔入云有一层"。这句话就是告诉袁中道,你今天的飞黄腾达,少不了我在你幼年的启蒙教育,没有我这地基,哪有你那高楼。信捎到袁家后,老三看了恍然大悟,并且告诉了两位哥哥,决定把刘福锦老师请来,并且重邀各位老师来赴宴。袁中道亲自带着请帖来请刘福锦。继"高塔入云有一层"后,补全了诗。诗云:

高塔入云有一层,孔明不能自通神。

一日为师终生父,谨请先生谅晚生。

　　他用诗向先生表达了歉意,后来两位哥哥也赶来,用轿子将刘福锦接到了家里。可见,三兄弟不仅学问做得好,也很懂得礼数,尊师重道。

　　要说"三袁",不得不先说一个人,他就是李贽。李贽是明代著名的理学家,就是今天所说的哲学家。他主张"童心说"。什么是"童心"呢?其实从字面意思就可以猜到。童心就是儿童的心,是最纯真的、最干净的。当然,儿童的心也是最自私的。他的个人意识最强烈,甚至有些自大,觉得自己是万能的。李贽最著名的言论就是不再以孔子的是非为是非,不再以社会的规则为规则。他肯定人的私心,比如,他认为当时那些头悬梁、锥刺股进取的人也是为了将来有一天可以飞黄腾达,为了自己的门楣光耀和荣华富贵。也就是说,李贽认为人们所做的事情不管套着什么光耀、体面的外套,在其背后都有一颗功利的心,有着强大的私欲。袁氏兄弟早已听过李贽的大名,就去李贽的府邸拜访。袁宏道读了李贽的作品后竟然大叫大跳,称赞不已。也就是说,三袁是受李贽思想影响的。三兄弟和李贽分别时写了很多感人的诗:

别龙湖师

其 一

十日轻为别,重来未有期。

出门余泪眼,终不是男儿。

其 八

君意不在书,著书为谁子。

安得东南风,吹君渡湘水。

　　这两首小诗表现了三兄弟与李贽分别时的依依不舍,可见他们的交谈是很投机的。其中不仅称赞了李贽的学说,对不理解李贽学说的人还鄙视了一番。后来李贽还写了诗来回应袁宏道的八首诗。这里也选录两首:

附龙湖答诗八首

其 三

赤壁赋苏公,龙湖吟白首。

君是袁伏袁,附君成四友。

其 六

江陵一千三,十里诗一函。

计程至君家,百函到龙潭。

李贽死后,袁中道还顶着朝廷的压力给李贽写下传记。三兄弟和李贽是亦师亦友的关系。

明 诗

家家椟玉谁知赝　处处描龙总忌真

——袁宗道之公安先声

袁宗道

《列朝诗集小传》中提到，袁宗道最尊敬的文人是唐代的香山居士白居易和宋代眉山苏东坡，他还将书斋命名为"白苏"，以表示他对这两个诗人的敬仰。当时"后七子"还处于比较兴盛的状态，提倡"文必秦汉诗必盛唐"，而且他们主张学诗必尊杜甫和李白。虽然就才华来说，袁宗道与袁宏道早已不可同日而语，但他却是开启公安性灵派的源头。他读唐诗后有感而发：

数卷陈言遂字新，眼前君是赏音人。

家家椟玉谁知赝，处处描龙总忌真。

再舍肉鲸居易句，重捐金铸浪仙身。

一从马粪卮言出，难洗诗家入骨尘。

明
诗

诗中透露出其对七子派模拟流弊的批判，说人人供奉如宝的七子诗其实就是赝品，并且阐述了自己的创作追求，要以白居易为榜样。他不跟从当时的文学创作风气，为公安派开辟先河。他的诗明白晓畅，以自己的真实感触为主要抒写对象。比如下面这首：

食鱼笋

竹笋真如士，江鱼不论钱。

百年容我饱，万事让人先。

交态归方识，冰心老且坚。

雨窗歌绿树，宜醉更宜眠。

袁宗道的诗平易流畅,自然也是学习白居易的结果,而且还用白居易的诗题作诗。比如白居易曾作《春日闲居三首》,袁宗道也有,其中一首是这样的:

春日闲居

不才敢拟子云玄,索米金门又一年。

风味渐随双鬓减,天真犹仗一樽全。

破冰滴砚晨笺易,扫地安单夜坐禅。

闲洗时瓶烹芥茗,故人新寄玉山泉。

这首诗风格清新,格调高雅,表现了诗人在春日里悠然自得的心情。随着年龄的增加,年轻人那种放迹山林、追逐高山流水的雅趣已不再。而自己独处一室,在春日和煦的微风里,研墨挥笔,书写自己的闲趣;夜来四幕寂静,掩门诵禅,就着故人赠送的玉山泉水,煮上一杯浓浓的茶,真是"此中真有意,欲辨已忘言"。

明

诗

山僧迎客喜　颠倒着袈裟

——袁宏道之至情至性

　　袁宏道是袁家老二,是公安派的中坚,兄弟三人中数他才情最盛,性格也最独特。小弟袁中道说他二哥的诗文就像解脱束缚的一叶扁舟,才学高博,胆子又很大,对他人的称赞和诋毁都不在乎,只不过是抒发自己心里所想。所以他的文章给人一种轻快爽朗的感觉,诗中真实的情景都是有感而发,可以涤荡红尘世事,消除人世间的浮躁热恼。袁中道主要称赞了袁宏道的哲理诗,像下面这首:

出　郭

稻熟村村酒,鱼肥处处家。

青刀沾水去,独鸟会风斜。

落日流红浪,长江徙白沙。

山僧迎客喜,颠倒着袈裟。

　　袁宏道认为,诗歌是抒发个人情感的工具,而不应该承担庸俗的生活内容。他的诗之所以标新立异,就在于一个"趣"字。这首诗的最后一联,"山僧迎客喜,颠倒着袈裟"。本来应该严肃的僧人,却因为喜迎来客,袈裟都穿颠倒了,是不是很有喜感和趣味呢?

　　袁宏道非常崇拜徐渭。有一天晚上,袁宏道去拜访陶望龄。他最喜欢到人家书架边溜达,所以随意抽了一本,是《阙编》诗一卷。这本书发出阵阵霉味儿,纸质和刻印都很陈旧,而且还被煤烟熏得黑黑的。袁宏道很好奇,于是在灯下读了起来。他没读几首就很惊讶地叫了起来,他问陶望龄这本诗的作者是谁,是古代人还是今人?陶望龄不明袁宏道为什么这么激动,淡淡地说:"那是我的同乡徐渭写

袁宏道

的。"袁宏道对这本诗赞不绝口。于是陶望龄和袁宏道一起阅读，两人在灯前围着，叫好声甚至把入睡的仆人都吵醒了。

袁宏道对王世贞和李攀龙的文学思想很不以为然。有一次沈德符和他谈诗时偶尔提起了李攀龙的一首诗《华山》，袁宏道非常不屑地说："'北极风烟还郡国，中原日月自楼台'简直就是胡说八道，该让兵司马赏他十大板。"袁宏道又说："你看人家徐渭写的诗：

牛首斋罢便往祖堂献花岩迢晴矣

牛首梯县古佛场，楼台绝顶百僧藏。
香烟一一云中出，阳道薨薨鸟外长。
三五沉鱼陪冶侠，清明石马卧侯王。
却怜为景沦贪海，带黑鞭驴到祖堂。

多么奇绝的诗呀！王世贞和李攀龙一辈子都写不出这样的诗句。"沈德符是很了解袁宏道的固执的，况且他也十分欣赏此人的才华，所以没有和他争辩。袁宏道也是一个很有傲气的人，所以说话难免霸道一些。就从《东阿道中晚望》中看看他的傲气吧：

东阿道中晚望

东风吹绽红亭树，独上高原愁日暮。
可怜骊马蹄下尘，吹作游人眼中雾。
青山渐高日渐低，荒园冻雀一声啼。
三归台畔古碑没，项羽坟头石马嘶。

在这首诗中，袁宏道是从一个俯视的角度观赏东阿道之景的。那街道上熙来攘往的人群和高低辉映的青山，一一尽收眼底。诗人鄙弃功名，性格孤傲。那三归台旁纪念管仲功绩的古碑早已隐没于荒烟野草之中，而今日之达官贵人在众人眼中也不过如烟雾一般过眼即散。冻雀虽寒，依然以破空的啼叫表达着对环境的抗争。英雄项羽功业未成，自刎于乌江之畔，但仍然用石马的嘶鸣表达着不甘被命运征服的高傲。以冻雀自喻，表达了诗人对功名利禄的鄙视和对英雄虽败犹荣的崇拜。

明诗

官牒注来呈府吏　俸钱支得与门人

——袁宏道之不爱当官爱旅游

　　袁宏道可以说是晚明浪漫名士的代表人物,他虽早早考上进士,但是对做官却没什么兴趣。公事之余,他更喜欢独居,抒发自己对大自然的热爱,打破封建思想的束缚,扫除前、后七子的拟古文风,变粉饰为本色,变公式为率真。他的"性灵"说较之于前、后七子的拟古说,对后世的影响也较大。下面这首《闲居》,就表达了他率性而为的个性:

闲　居

藤带丝袍强束身,北风虽厉不吹尘。

轩窗尽日闲诸史,眷属经年断五辛。

官牒注来呈府吏,俸钱支得与门人。

床头一夜西湖语,霜色萧条上角巾。

　　这里可以看出,袁宏道对于做官完全没有兴趣可言,连自己的俸禄都是交由门人支取。然而自己身处官场,又不得不有所作为,这就与他崇尚自由的天性格格不入。在这首诗中我们也可以看到李贽叛逆世俗的影子。由此可见,在精神领域,他们两人是相通的。下面几首诗同样表现了作者对"误落尘网中"的无奈何和"复得返旧林"的向往:

其　五

空斋独坐拥残薪,笔有枯芒研有鳞。

梦里风窗听似语,山中烟树念如人。

儿童也解谈东事,箫鼓何因动壮邻。

竟日飞霾无却处,一层吹了一层尘。

戏题斋壁

一作刀笔吏，通身埋故纸。

鞭笞惨容颜，簿领枯心髓。

奔走疲马牛，跪拜羞奴婢。

复衣炎日中，赤面霜风裹。

心若捕鼠猫，身似近羶蚁。

举眼尽无懽，垂头私自鄙。

南山一顷豆，可以没余齿。

千钟曲与糟，百城经若史。

结庐甑箪峰，系艇车台水。

至理本无非，从心即为是。

岂不爱热官，思之烂熟尔。

在中国古代，为官者想要有所作为，必须"以民为贵"。但即便如此，也要受到上级领导的啰唆，有时候甚至奴颜婢膝，为五斗米折腰。想袁宏道这样一个性格散漫而又洁身自好的人，让他每日埋头于烦琐的案牍之中，显然是与他的天性相违背的。所以世人才说："岂不爱热官，思之烂熟尔。"

明万历中期，日本侵略朝鲜半岛。当时朝鲜属于明王朝的藩国，所以对朝鲜的求助，万历皇帝自然不能坐视不理。最终在明朝军队的干涉下，日本无奈地退出朝鲜，甚至将日本最炙手可热的大将丰臣秀吉给气死了。这一战打得十分漂亮，在当时可谓振奋人心。但是袁宏道却不以为然，于是闲居的他不仅闲着不管，还要讽刺一下。

那他不做官干什么呢？他的最大爱好就是旅游，约几个朋友去探访名川大山。当时的山川是很原生态的，没有砌好的台阶，没有建好的扶手，人

《山阴图》

明诗

走得多了就成了一条条小路。袁宏道酷爱山水,甚至不惜冒险登临。他曾说:"要是怜惜生命,还游什么山呀!与其死在床上,还不如死在一片冰冷的石头上呢。"

　　袁宏道还喜欢戏弄好友,有一次他和陶望龄一起游览苏州。此地有一个西施教人跳舞的景点,叫西施山。陶望龄来到这里诗情大发,其中一句是:"宿几夜娇歌艳舞之山。"袁宏道非常正经地对他说:"这首诗应当注明是在西施山上住了几夜,并非身边真的有美艳的佳人跳舞。"陶望龄很不解地看着袁宏道,不知道为什么要注明。袁宏道解释说:"不然别人会误会你品行不端,那你死了以后就得不到'文恪公'的谥号了。"说完就哈哈大笑了起来。

明
诗

出门无一有　始觉老妻亡

——袁宏道《途中有感忆李安人》

袁宏道虽然放荡不羁,但是和妻子的感情却十分深厚。妻子去世后,袁宏道常常回忆和妻子在一起时的欢乐时光,所以总是写诗纪念自己的妻子:

途中有感忆李安人

袖里藏香茗,橐中具糇粮。

出门无一有,始觉老妻亡。

这首诗非常朴实而真实地反映了他对妻子的思念,妻子是老来伴,没有妻子的照顾,他喝不上香茶,吃不上可口的饭菜,身边没有一个人,只有自己形单影只。他不禁感慨:

刘元定斋中别诸社友时余有内人之戚

一竿直出帝城烟,马首弓尘仅一年。

倦鸟早辞燕树雪,间花又上武溪船。

伯鸾未得偕妻隐,和靖终当伴鹤眠。

白尽头颅应不返,青溪山下有鸣泉。

自己惝恍一生,像一只倦鸟奔波着,多么期盼能和妻子过一段隐居的日子,白头到老,免得自己单鹤孤眠,无人相伴。

百年堪屈指　岁许在词林

——袁宏道之文学看法

袁宏道的诗歌也经常透露着他对文学的独到看法：

答李子髯

其　一

若问文章事，应须折此心。
中原谁掘起，陆地看平沉。
矫矫西京气，洋洋大雅音。
百年堪屈指，岁许在词林。

其　二

草昧推何李，闻知与见知。
机轴虽不异，尔雅良足师。
后来富文藻，诎理竟修辞。
挥斥薄大匠，裹足戒旁岐。
模拟成俭狭，莽荡取世讥。
直欲凌苏柳，斯言无乃欺？
当代无文字，闾巷有真诗。
却沽一壶酒，携君听竹枝。

明
诗

　　他在写给李子髯的诗里批判诗文讲究文辞的工巧，却没有理趣，裹足不前，模拟成弊，受世人讥讽。他认为学唐诗不用选择什么体例，也不用讲究什么初、中、盛、晚唐的分界。再说了，宋代的欧阳修、苏轼等也有很多好诗，为什么一定要学唐诗呢？在晚年他还写了几首诗来总结他的一生：

漫　兴

其　一

少年多浪迹，老大合幽栖。

事业卑牛口，生涯尚马蹄。

避人嘲自解，隐几物难齐。

每忆山中友，秋来好杖藜。

其　二

独往吾何有，狂痴母所怜。

一身书蠹后，万事酒杯前。

礼乐从先进，交游附少年。

昨来益自喜，信口野孤禅。

　　第一首诗说自己年轻时浪迹天涯的悠闲的生活，人老了就只能在一个地方安静地生活，但是回想起青春年少的时候，还是很怀念。第二首诗讲自己一生特立独行、狂痴不羁的性格，书和酒是他生活的主要部分，不过他似乎更喜欢参禅。

明诗

自喜笑中意　一笑又一跳

——袁宏道之俚俗之作

　　袁宏道展示了古代文人自我意识的觉醒,强调自我、为我。公安派的宗旨就是"独抒性灵,不落俗套"。但是他的主张也会导致个人修养和社会担当等出现问题,这种理论发展的结果就是过于突出个人的情感,追求精神的最大自由。而且,这也会导致文学创作的俚俗。比如胡适最喜欢他的两首诗是这样写的:

其　一

一日湖上行,一日湖上坐。

一日湖上住,一日湖上卧。

其　二

无端见白发,欲哭反成笑。

自喜笑中意,一笑又一跳。

明

诗

　　这两首诗之所以深得胡适的喜爱,原因就在于一个"真"字。诗人的所作所为完全是有感而发,没有丝毫忸怩之态。"独行独坐,独唱独酬还独卧。"真是将独居的闲适表现到无以复加的程度,这就足见袁宏道之"性灵"的精髓了。

　　袁宏道是一个非常自信的人。有一个人叫郝琰的人很喜欢作诗,每写出一句好诗就要大叫一番。他说:"史书上记载:周文王、周武王五百年之后出了孔子,孔子五百年之后又出了孟子。文化道路上是这样,诗歌的发展史也是一样的。曹操父子等建安七子之后出现了历史上两个大诗人李白和杜甫。而李杜五百年以后继承诗统的不就是我郝琰吗?"袁宏道听了却说:"我可不会像老子一样,退藏在一旁,让孔子独自出名。"

流泉得月光　化为一溪雪

——袁中道《夜泉》

袁中道是两位兄长的"跟屁虫",当然他也很有才气,发扬了公安派的学说主张。据说他在十几岁的时候就写了《黄山赋》和《雪赋》,篇幅达五千多字。和二哥一样,袁中道的性情也很古怪。他经常交往的人都是社会底层的一些游侠、酒徒之类。袁中道喜欢游山玩水,足迹踏遍了大半个中国。他曾经为自己编了个集子叫《柯雪斋集》,可细心读过之后,觉得和古人相去甚远,所以一怒之下付之一炬。他十分钦佩自己的二哥,经常夸赞他。袁宏道也喜欢他的弟弟,他说袁中道的诗

袁中道

文独抒性灵,不拘格套,有时性情所致,挥笔几千字,就好像向东奔泻的河水,如有神助。但其中也不乏瑕疵,然而就连那些瑕疵也完全是袁中道自己的风格,没有丝毫的做作。

袁中道的诗流传到现在,比较有名的一首诗叫《夜泉》:

夜　泉

山白鸟忽鸣,石冷霜欲结。

流泉得月光,化为一溪雪。

这首诗有一种小清新的风范,写得空灵剔透,将山中的幽静、冷秀表现得非常生动,与两位兄长的诗确有不同。

在晚明文坛上,以袁氏三兄弟为代表的公安派,猛烈地抨击了前、后七子句拟字摹、食古不化的倾向,他们对文坛"剽窃成风,众口一响"的现象提出尖锐的

批评,袁宗道还一针见血地指出复古派的病源"不在模拟,而在无识"。他们主张文学应随时代而发展变化,"代有升降,而法不相沿,各极其变,各穷其趣","世道改变,文亦因之;今之不必摹古者,亦势也"。不但文学内容,而且语言形式亦会有所变化而趋于通俗,这是因为"性情之发,无所不吐,其势必互异而趋俚,趋于俚又变矣"。因此,"古何必高,今何必卑"? 他们进而主张:"信腔信口,皆成律度","古人之法顾安可概哉",冲破一切束缚创作的藩篱。可以说,这种独树一帜、追求标新立异的作风,很明显是受到李贽"童心说"的影响的。然而,性灵派之注重自我而轻视现实的作风,也受到了后期文人尤其是清代文人猛烈的批评。处在晚明国家摇摇欲坠的情势之下,谁还能肯定公安派的抒发性灵是精神上的自我超越呢?

明诗

云间诗派　明诗殿军

　　明末江南云间诗派异军突起,在七子派之后又掀起了复古的浪潮。但是此次复古不困顿于具体的章制法度,因为此时的明王朝已经摇摇欲坠,外族铁蹄不断侵扰,家园破碎,百姓哭号的境况渐渐上演。所以云间诗派的诗歌大都展现出高华雄浑,悲壮沉郁的气魄,将明清交替的时代内涵通过诗歌展现出来,为的是鼓励别人,也鞭策自己。其中最著名的代表就是陈子龙和他的弟子夏完淳。陈子龙在社会环境的不断变迁中一次一次重树自己,从美艳多情的才子歌《玉蝴蝶·美人》到苍茫雄壮的义士歌《九日登一览楼》,陈子龙走向了人生创作的巅峰。而其小友兼弟子夏完淳却在少年时代就经历了师父和父亲的殉国和战乱的残酷,幼小的心灵迅速成熟,写下《别云间》这样的慷慨陈词。这一时期的诗歌之所以负有独特魅力,就是因为其中饱含着动人心魄的忠诚之心和勇敢之心,而其中的故事也是那般雄壮凄美,让人唏嘘不已。

自笑无端　近来憔悴为谁生
——陈子龙之年少多情

陈子龙

陈子龙,字人中,改字卧子,号大樽,南京华亭(今上海松江)人。陈子龙最后成为明末的英雄人物,也是受时代所迫。他的英雄气质是随着生活环境的变化慢慢形成的,所以显得更加真实。明中期,倭寇经常来中国的沿海地区进行骚扰侵犯,有一次倭寇竟将战线推进到江南一带。据传,一股50～70人的倭寇竟创造了一个奇迹。他们登陆后深入腹地,到处杀人掠货,如入无人之境。最后竟然越过杭州北新关,经淳安如安徽隰县,迫近芜湖。围绕南京兜了一个大圈子,然后趋秣陵至宜兴,退回至武进。以后虽被歼灭,但是他们杀伤的据称有四千多人。陈子龙祖上虽然世代以务农为本,但 他的祖辈就有人曾跟随抗倭英雄戚继光立下功劳。到陈子龙的父亲一辈,开始以读书起家。陈父陈所闻很注重陈子龙的教育,精心培养子龙。

相对于很多明代文人,陈子龙虽算不上早慧的人,但也很有才。他在28岁时考中了进士。据说陈子龙考中进士也是颇费了一番周折的。他总共考了三次.第一次没考上,据说是因为卷面不整洁,有涂改的现象。主考官周延儒虽然很欣赏陈子龙,但是由于这个小问题怕另一权臣温体仁来找自己的麻烦,于是舍弃了陈子龙,陈子龙不幸落榜。他的才华被当时的权利争斗埋没了。当时子龙还很年轻,心中实在咽不下去这口气,写了个万言书,想上奏朝廷,被陈继儒拦了下来。倒霉的是第二次考试又遇上了温体仁。这次温体仁作主试官,又没有录取他,原因是温体仁很排斥复社文人,而陈子龙是复社的中坚力量。

在陈子龙的科考过程中,他的妻子张氏对他予以了很大的支持。陈战的妻子是传统社会标准的"好妻子"。家务事完全由张氏操持不说,她还自觉肩负起管教陈子龙的任务。张氏与子龙有一女,张氏严厉禁止女儿与子龙过多接触,

怕女儿会影响陈子龙的学习。张氏一直不能给陈子龙生
出男孩，还主动给陈子龙纳妾。别人娶妻，陈子龙娶回来
"半个妈"。实际上古代社会很多正室都是这样的，只不
过没有张氏这样强势而已。这样的"好妻子"，陈子龙挑
不出半点儿毛病，因为都是为他好，虽然这种好他不想
要。这个小小的原因加上当时烟花场所的合法性让陈才
子想找寻一个佳人来解除生活的无趣。在这个时期，陈
子龙写了很多美艳的诗词，如：

柳如是

玉蝴蝶·美人

才过十三春浅，珠帘开也，一段云轻。愁绝腻香温玉，弱不胜情。
渌波泻、月华清晓，红露滴、花睡初醒。理银筝，纤芽半掩，风送流莺。

娉婷，小屏深处，海棠微雨，杨柳新晴。自笑无端，近来憔悴为谁
生。假娇憨、戏揉芳草，暗伤感、泪点春冰。且消停，萧郎归矣，莫怨飘零。

这首词写得香艳欲滴，真是风流才子流连温柔乡里的作品。终于有一天，
陈子龙一生的最爱来到他面前，就像词里说的"愁绝腻香温玉，弱不胜情"。她
的出现让陈子龙第一次体会到心动的感觉。这个名媛就是明末名妓柳如是。

柳如是本名杨爱，还有说叫影怜的。柳如是对四书五经、诗歌辞赋都非常
喜欢，经常翻阅。后读辛弃疾词"我见青山多妩媚，料青山见我应如是"一句，化
用"如是"作为自己的艺名，可见柳如是是个懂诗词的文化人。柳如是在十几岁
的时候就精通诗律，擅长书法。再加上她生得非常美貌，性情又高傲，一般人根
本就入不了柳姑娘的法眼，一时间艳名远播。

柳如是与陈子龙一见钟情。英俊潇洒、侃侃而谈的陈子龙在柳如是眼里
就好像神一般，他不同其他男子那样随便。他对她的尊重和他的才华让柳如是
觉得找到了世上的真男子。但是陈子龙家教很严，陈柳两人分分合合，最终还
是受到陈子龙家人的反对，尤其是张氏甚至给陈子龙纳了妾，也不同意陈子龙
与柳如是交往，最终两人伤心分手。陈子龙北行的时候，柳如是还写过送别诗：

明
诗

送 别

念子久无际，兼时离思侵。

不自识愁量，何期得澹心？

妄语临岐发，行波托体沉。

从今互为意，结想自然深。

　　离别的恋人缠绵而凄苦。柳如是作为一个女子很害怕，没有安全感，对这段不好把握的恋情，她需要一个约定，一个"互为意"而不是单相思的约定。陈子龙回应的是："同心多异路，永为皓首期。"但是最后他并没有遵守诺言。

木兰花令·寒食

愁杀匆匆春去早，又恨恹恹春未了。

罗袜痕轻映落花，玉轮碾处眠芳草。

当日香尘归后杳，独立斜阳人自老。

不须此地怨东风，天涯何处消魂少。

　　分手后，陈子龙对柳如是念念不忘，写下很多孤独凄清的诗作来抒发自己的思念和苦闷，但是这段感情还是结束了。后来柳如是嫁给了钱谦益，听说陈子龙殉国的义举，非常感慨，而且还劝告钱谦益要像陈子龙一样做个真丈夫。可是钱谦益并没有自杀的勇气，或者说他还没有施展自己的才华，还留恋人世。可是柳如是却自杀殉国，可见她不仅才貌双全，还是个勇敢的义士。

明诗

　　陈子龙早期的诗辞藻非常华美，他本来就很重视诗文的色泽和词汇的运用，他很喜欢高华宏润的感觉。他在诗中表现了他的主张：

遇桐城方密之于湖上，归复相访，赠之以诗

仙才寂寞两悠悠，文苑荒凉尽古丘。

汉体昔年称北地，楚风今日满南州。

可成雅乐张瑶海？且剩微辞戏玉楼。

颇厌人间枯槁句，裁云剪月画三秋。

　　"厌人间枯槁句，裁云剪月画三秋。"这联最能体现他对诗文用词要精心打磨的要求。

风流摇落无人继　独立苍茫异代心
——陈子龙之第一次转身

陈子龙在文学创作上很推崇王世贞。在这方面,陈子龙很有主见。他不管大家如何评价七子派,只相信自己的眼睛、自己的体会。他曾写过一首诗来缅怀王世贞,也来抒发自己苦闷的心情:

重游弇园

放艇春寒岛屿深,弇山花木正萧森。

左徒旧宅犹兰圃,中散荒原尚竹林。

十二敦盘谁狎主,三千宾客半知音。

风流摇落无人继,独立苍茫异代心。

弇园在江苏太仓,这是一座清幽秀美的园子,也是陈子龙所仰视的大文豪王世贞的故居。当时王世贞弃官回乡,建了这座园子,一度成为文人墨客雅集的重要场所之一。大家谈经论道,赋诗作画,好不愉快。那时的明朝仍处于相对和平的时期,现在陈子龙带着对先辈的仰慕来到了这里。诗人其实不止一次来过这里。十年前,他和夏允彝相伴来过这里,老名士坐在王世贞的弇园里骂王世贞的东西不可学,秦汉文章不足学,甚至曹、刘、李、杜的诗也不值得学。这样的说法气得陈子龙直跳脚,这样轻易的否定差点把陈子龙的暴脾气激出来,要和这老家伙好好理论一场。现在呢?这空空的宅子,总给人一种人去楼空的怅惘之感。李攀龙回想着王世贞操柄文坛二十年,三千宾客奔走门下的辉煌好像就在眼前。可是大家已去,文坛的风华也随之摇落,无人继承。可是陈子龙站在这个院子里虽与先辈不在同时代,却穿越时空与其精神相通,告慰了王世贞的英灵。

明诗

青青者榆疗我饥　愿得乐土共哺糜

——陈子龙《小车行》

一个时代的凋零必然体现在各个方面,文坛的衰落也是明朝的政权摇摇欲坠的迹象之一。陈子龙开始有意识地改变自己,慢慢地由一个风流才子,变成了一个有责任感、积极救国的"战士"。这样的成长让他摆脱了个人情爱给他带来的痛苦,而心系国家和人民也让他的思想境界更加开阔。所以他后期的诗作也更加吸引人。

战乱饥荒

小车行

小车班班黄尘晚,夫为推,妇为挽。出门茫然何所之?青青者榆疗我饥。愿得乐土共哺糜。风吹黄蒿,望见墙宇,中有主人当饲汝。叩门无人室无釜,踟蹰空巷泪如雨。

这首诗写的是京城大旱后,紧接着山东又经历了严重的蝗灾,民不聊生,哀鸿遍野。大家都勒紧裤腰带,停止一切消耗体力的运动时,一对夫妻却推着车从家里出来了,他们这是要去哪儿呢?其实夫妻俩也不知道,只见夫妻俩都看着榆树叶。原来是出来找食物的,可能家中还有老人和小孩子等着吃饭呢。本来看见一户人家,想看看有没有吃的,结果连锅都没有。自然灾害加上政权的衰败腐朽,即使是在京师这样的大城市都会出现这样的景象,明朝的快速灭亡也就可想而知了。

双飞日月驱神骏　半缺河山待女娲

——陈子龙之第二次转身

　　明朝灭亡,陈子龙回到家乡。他登上一览楼,心中想到了反清大业的实现实在渺茫,但他不愿苟活于世:

九日登一览楼

危楼樽酒赋蒹葭,南望潇湘水一涯。

云麓半函青海雾,岸枫遥映赤城霞。

双飞日月驱神骏,半缺河山待女娲。

学就屠龙空缩手,剑锋腾踏绕霜花。

　　清军的铁蹄踏着破碎的河山入关了。明朝廷乱作一团,但也有保持冷静的大臣。其中有一个叫左萝石的人,他请求朝廷派他去议和。虽然他对清人这次侵略的意图估计得不准确,但是这样的胆量已经非常难得。明朝廷那些缩头乌龟本来还看到一些希望,可是清人没有遵循"两国开战不斩来使"的承诺,扣留了左萝石,并且残忍地杀害了他。这样做就是要告诉明朝廷,这次我不是小打小闹,我真的要吞了你,统治中原。陈子龙感慨左萝石"出师未捷身先死"的惨剧,为他写了一首诗:

明诗

易水歌

　　赵北燕南之古道,水流汤汤沙皓皓。送君迢遥西入秦,天风萧条吹白草。车骑衣冠满路旁,《骊驹》一唱心茫茫。手持玉箸不能饮,羽声飒沓飞清霜。白虹照天光未灭,七尺屏风袖将绝。督亢图中不杀人,咸阳殿上空流血。可惜六合归一家,美人钟鼓如云霞。庆卿成尘渐离死,异日还逢博浪沙。

陈子龙将左萝石比作荆轲，死于敌手，灵魂飘零异乡。其实再早一些时候，陈子龙还写过一首诗也是以荆轲为比喻，这首诗是这样写的：

渡易水

并刀昨夜匣中鸣，燕赵悲歌最不平。
易水潺湲云草碧，可怜无处送荆卿！

当时陈子龙看见南朝廷上至皇上下至群臣，都及时行乐、醉生梦死的样子，他感到非常痛心，于是用这首诗来讽刺明朝廷即使有荆轲这样的义士，也无济于事。其实当时外族还没有吞并的心，只是常来掠夺。可是纵容只会让敌人的胆子越来越大，当时的陈子龙已经有了这样的预想。

清军入关让陈子龙开始积极投身救国事业，但不幸被清兵捕获。陈子龙的好友设法转移目标保全陈子龙，让陈子龙逃脱。可是陈子龙竟然端坐在厅堂里，坦然地像个旁观的人。清兵很不温柔地将陈子龙从座位上"请"了下来，陈子龙又一屁股坐在地上。审讯官陈锦问陈子龙："你为什么造反呀？"陈子龙瞅了他一眼说："我又没兵，怎么造反？""谁不知道你是七省总督？"陈子龙笑着说："又错了，本朝只有七省总漕，没总督（总督是清朝的说法）。"陈锦又问："那你为什么不剃发？"清代建立政权后要求男子剃去额头上方的头发，后面编辫子。但是汉民族的传统文化讲究"身体发肤受之父母，不可毁损"。清人也许想从根本上让汉人服从统治，要求留发不留头，留头不留发，甚至以此理由进行屠杀。陈子龙一脸无辜的样子说："当然要留着头发，这样好有脸面去地下面见先皇。"后面陈子龙的回答还夹杂着各种方言，让审判的人都听不懂。因为，他已经说清楚了，他要去见先皇去了。接着押送的途中，陈子龙就挣脱束缚，跳入水中，结束了自己的生命。等那些官兵把他捞上来的时候，他已经在黄泉路上了。他不知道，虽然他是投水而死，但他的头还是被割了下来残忍地挂在船上。可是那高贵的头颅像是活的一样，无所畏惧地看着这个混沌颠覆的世界。

明诗

恸哭六军俱缟素　冲冠一怒为红颜

——吴伟业《圆圆曲》

陈圆圆

　　《圆圆曲》中的陈圆圆原名邢沅，又字婉芬，是江南苏州的一个名歌妓，她先被外戚嘉定伯周奎携往北京，预备送入宫中供奉掖庭，但她没有得到皇帝的垂幸，竟被遣出宫。一说她再回周邸后，于宴席上为吴三桂所识，并订约聘娶。《圆圆曲》将吴陈情事从初识、定情、分离、被掠到团圆作了生动的描绘与渲染，但在这当中一个严肃的主题却始终贯穿于全诗。

　　这一主题就是代表着当时多数人，特别是入清的故明士大夫，对吴三桂叛明投清所怀的愤激与讽刺。诗以极其精巧的结构把这个主题和吴陈情事融汇在一体。在诗的开端，作者用诗句来申述他的主题："鼎湖当日弃人间，破敌收京下玉关。恸哭六军俱缟素，冲冠一怒为红颜。红颜流落非吾恋，逆贼天亡自荒燕。电扫黄巾定黑山，哭罢君亲再相见。"这也就是全诗的要领。从历史的角度来分析，我们看到在甲申事变发生了急剧变化之后，这时跃居于权力中心的是建立了新政权的建州奴隶主贵族集团。那些怀着亡国的沉痛哀恨的士大夫，他们所面对的是新入关的统治者，而不再是甲申这一历史悲剧。

明诗

圆圆曲

鼎湖当日弃人间，破敌收京下玉关，
恸哭六军俱缟素，冲冠一怒为红颜。
红颜流落非吾恋，逆贼天亡自荒宴。
电扫黄巾定黑山，哭罢君亲再相见。

相见初经田窦家，侯门歌舞出如花。

许将戚里箜篌伎，等取将军油壁车。

家本姑苏浣花里，圆圆小字娇罗绮。

梦向夫差苑里游，宫娥拥入君王起。

前身合是采莲人，门前一片横塘水。

横塘双桨去如飞，何处豪家强载归。

此际岂知非薄命，此时唯有泪沾衣。

薰天意气连宫掖，明眸皓齿无人惜。

夺归永巷闭良家，教就新声倾座客。

座客飞觞红日暮，一曲哀弦向谁诉？

白皙通侯最少年，拣取花枝屡回顾。

早携娇鸟出樊笼，待得银河几时渡？

恨杀军书抵死催，苦留后约将人误。

相约恩深相见难，一朝蚁贼满长安。

可怜思妇楼头柳，认作天边粉絮看。

遍索绿珠围内第，强呼绛树出雕阑。

若非壮士全师胜，争得蛾眉匹马还？

蛾眉马上传呼进，云鬟不整惊魂定。

蜡炬迎来在战场，啼妆满面残红印。

专征萧鼓向秦川，金牛道上车千乘。

斜谷云深起画楼，散关月落开妆镜。

传来消息满江乡，乌桕红经十度霜。

教曲伎师怜尚在，浣纱女伴忆同行。

旧巢共是衔泥燕，飞上枝头变凤凰。

长向樽前悲老大，有人夫婿擅侯王。

当时只受声名累，贵戚名豪竞延致。

一斛明珠万斛愁，关山漂泊腰肢细。

错怨狂风飏落花，无边春色来天地。

尝闻倾国与倾城，翻使周郎受重名。

妻子岂应关大计，英雄无奈是多情。

全家白骨成灰土，一代红妆照汗青。

君不见，馆娃初起鸳鸯宿，越女如花看不足。

香径尘生乌自啼，屧廊人去苔空绿。

换羽移宫万里愁，珠歌翠舞古梁州。

为君别唱吴宫曲，汉水东南日夜流！

　　陈圆圆本来是苏州名妓，不仅貌美，最重要的是资致甚佳，蕙心兰质，绝代风华。她还擅长昆曲，见其风貌者，无不醉心；听其小调者，无不觉身处幻境，可谓名妓中的名妓。但是有一天她得知她被人赎了身。她可是这园子的摇钱树，能买得起她的不仅银子要多，身份也必定不凡。然而当她看到买主的时候大概心都凉透了，那人竟是个猥琐的老头。这个老头正是当朝崇祯帝的爱妃田妃的父亲田宏遇。实际上陈圆圆担心过了头，田宏遇是想用她讨好当朝皇上。于是陈圆圆就跟随他们一干人回到了京师。没想到她没有妃子命，皇帝以陈圆圆出身娼妓，将陈圆圆遣送出宫。这可是件大事呀，很多贵族都想一亲芳泽，但是这机会给吴三桂得了去。吴三桂买了陈圆圆做妾。陈圆圆就这样像一件商品被人倒买倒卖，没有丝毫的自主权。但是没想到，她最后竟遇上了一个真正爱她的人，他们二人同时也成了千古罪人。在陈圆圆被买卖的过程中，清兵的铁蹄已经威逼京城，各地农民起义风起云涌，其中李自成的势力最强。李自成为了让吴三桂投降，掳走了吴三桂的软肋陈圆圆。吴三桂大怒，投靠了清兵，为清兵开关，为明朝败绝埋下重要一笔，并且夺回了陈圆圆。这就是吴伟业版的"陈圆圆与吴三桂的故事"。实际上吴伟业写成《圆圆曲》离吴三桂叛变已经很久了。据说吴三桂看到《圆圆曲》后非常惭愧，还亲自登门，向吴伟业表示自己的悔恨。吴伟业写《圆圆曲》的缘由，来源于与陈圆圆有过交情的歌妓卞玉京。一次偶然的机会，吴伟业与卞玉京相遇，两人交谈甚欢，卞玉京给吴伟业讲述了她所了解的陈圆圆。而吴伟业虽声称自己是铁杆明遗民，但是他也没做出什么义举表明自己的立场，所以受到他人诟病。这时他突然间想到，可以通过痛斥叛匪来表明自己的身份。于是他写成了千古绝唱《圆圆曲》。有很多人认为《圆圆曲》并不符实，最不符实的就是陈圆圆在其中充当的角色。有人说陈圆圆在清军入关之前就已经死了，有人说当时李自成俘虏了吴三桂的一家等等。抛开这些不谈，甚至抛开吴三桂的叛国不谈，单看吴三桂为陈圆圆怒发冲冠还是很凄美的，对陈圆圆来说这是一场一生难忘的温情剧。

明诗

· 211 ·

毅魄归来日　灵旗空际看

——夏完淳《别云间》

别云间

三年羁旅客,今日又南冠。

无限河山泪,谁言天地宽?

已知泉路近,欲别故乡难。

毅魄归来日,灵旗空际看。

夏完淳父子

这首诗是明末著名爱国斗士夏完淳写的,夏完淳(1631—1647年)原名复,字存古,号小隐、灵首,乳名端哥,明松江府华亭县(现上海市松江)人。很多版本的中学教材都选入了这首诗,可谓耳熟能详。诗中描写了明末清初的换代历史,山河破败,国家沦亡,英勇的志士一个一个被历史的洪流淹没,在这样的境况之下,诗人看着苍天,心中想:你如此高宏宽广,为什么没有我们可以走的路呢? 我就要赶赴黄泉了,心中多么不愿离开我的家乡,不愿离别我的亲人呀。可是诗人最后两句却一扫前面的阴霾,慷慨地说:如果真有魂魄不死之说,我将继续战斗,高举征伐之旗赶走敌寇。诗人气魄宏大,情感丰沛,读来让人震撼不已。

这首诗写于夏完淳一生快要终结的时候。从诗中"已知泉路近"就可以知道,诗人不仅在和故乡告别,还要和自己的生命告别。这首诗是他被清兵抓捕押解的路上吟唱的,而此时的夏完淳其实只有16岁。有多少人觉得自己16岁的时候还是懵懂少年,还没有生命的意识,还不懂得活着的价值。可是对于夏完淳来说,他已经在这浓缩的16年里经历了太多不平凡的事情。

夏完淳生于明崇祯四年,也就是公元1631年。这一年离崇祯帝自缢身亡有十三个年头了。他死于清顺治四年(1647年),一生在世仅仅十六个年头。但是在这短短的十几年里,他活得风生水起,魅力四射。夏完淳的神童系数可以达到十颗星了。一般情况下,古人寿命较短,要是谁能活到七十以上,就算高寿了。而很多古人也存在早慧的状况,大概是因为知道死亡率很高似的,所以很多事情都提前经历了。比如两三岁就开始学习功课,在十几岁就结婚生子,然后考取功名。夏完淳4岁就能写一手好文章,甚至能看出他文采宏大飘逸。等到9岁的时候就出版了自己的书叫《代乳集》。很快他的老师陈子龙将他的一些诗也汇集到当时的名人诗歌选集里。

夏完淳的父亲夏允彝在夏完淳六岁的时候考中了进士,于是带着小完淳来到了京城。虽然这距离明朝灭亡只有七年,但是当时的北京还是繁华都市,仍是文人雅士的聚集地。第一次跟随父亲出远门的小完淳非常快活,他见到很多新奇的事物,并且巧妙地体现在日常的小诗文当中。大文豪钱谦益早就听说了这个小神童,见到真人后也很惊奇这孩子的天资和性情。钱谦益还写了一首诗送给他:

赠夏童子端哥

端郎信不同,非我欲蒙求。

背诵随人诘,身书等厥功。

倒怀常论日,信口欲生风。

灯盏调声病,棋枰喻国工。

若令酬圣主,便可压群公。

不见轩辕后,天师称小童。

· 213 ·

可见夏完淳的才华非常出众,当时文坛的长辈们对他非常赞赏,期望也很高。夏完淳与钱谦益的相遇将会深深地埋藏在钱谦益的记忆中。因为相对于夏完淳的一心复国,不屈而亡的壮举,钱谦益的贰臣行为将永远成为他不可抹去的污点。

夏完淳之所以成为风云人物,不仅仅因为他才学过人,还有一点就是他小

小年纪就心怀天下,对国事非常关心,有着不同于孩子的心志:

游城东五贤祠

五贤祠

安昌千嶂合,绵亘复嵯峨。高峰隐云际,日照涧生波。驾言往东隅,祠宇倚山阿。青池映绿草,峭阁响鸣珂。肃肃瞻遗像,徘徊起啸歌。巍兹五君子,讲学潜幽坡。依师被谗逐,亮节不改初。芯芬永怀报,济济士民和。山川自今古,大道长不磨。

完淳先描写了五贤祠的景色,进而向深处着眼,歌颂五子永怀济民之心的优良品质。可见小完淳怀揣着一颗成熟的心呐!

黄土十年悲故友　青山八月痛孤臣

——夏完淳《寄荆隐女兄》

　　其实夏家这一代的孩子都有着卓越的才情,夏完淳还有一个姐姐和一个妹妹,她们不仅端庄淑德,文化水平也很高。夏完淳在很多诗里都提到家姐,可见两人关系是很亲密的:

寄荆隐女兄

　　书剑天涯转自亲,孤帆漂泊迥伤神。

　　自怜愁立寒塘路,独恨行吟泽畔身。

　　黄土十年悲故友,青山八月痛孤臣。

　　当年结客同心者,满眼悠悠行路人。

　　女兄就是姐姐,完淳的姐姐夏淑吉,字美南,号荆隐,又号龙隐,是夏家的嫡长女。她很有长姐风范,她与夏完淳不是同一个母亲,但是对待完淳非常亲厚。她也颇有文学才华:

明
诗

闺　怨

　　碧天明月影迟迟,翠袖轻寒香露滋。

　　海内风尘劳客梦,江东罗绮擅文辞。

　　频惊桂棹移前渚,时整花钿立小墀。

　　子夜明灯犹未寝,鱼笺珍玩感婚诗。

　　这首诗曾获得陈维崧的好评,说她的诗句清新绮丽,夏家不只有能写出《大哀赋》的才子夏完淳。也就是说,夏淑吉虽为女子,其才华可以和夏完淳媲美了。

孤雁行

孤雁天际飞,哀鸣万里音。侯氏有佳士,妃我贤女儿。翡翠垂其肩,珠玉结其襟。阿弟搴裾泣,送姊出我门。江波日夜流,令我怀沉沉。入堂拜舅姑,侯氏称嘉宾。二载未归宁,俨然抱外孙。家君婴簪组,将入炎河滨。阿姊置画舫,送我之虎林。

孤 雁

执手河梁上,酌我温琼樽。 衣以杂彩衣,从风扬缤纷。阿母默不语,垂泪沾衣襟。阿父拜王母,顾儿报主恩。阿弟拜吾姊,分袂离悲深。征帆入南去,回首无故人。爷娘不顾女,但有唤儿音。寒风正萧瑟,鸾皇忽已分。遗孤拊柩泣,阿爷不曾闻。日月忽如驰,俄顷成三春。秋高父母归,长叹空江浔。尚见故时树,不见故时人! 爷娘走入户,高堂无老亲。 拜哭抚灵几,忧来不可任。孤儿在左右,呼舅何殷殷! 借问姊何在,姊在堂之阴。膏沐勿复理,镜台遗轻尘。庭有双鸳鸯,交颈振哀吟。日暮悲踟蹰,何以慰我心!

夏完淳在家中的玩伴就是自己的姐姐和妹妹,三人友爱和睦。但是姐姐已经长成端庄的女子,侯家的公子就要来迎娶姐姐了。听说侯家是名门望族,侯公子不仅有才华,也有胸襟抱负,是个难得的好男儿。可是看着朝夕相处的姐姐就要离家,心里实在难过。过了两年听说有了小外甥,夏完淳很高兴,但是处在明清换代的混乱时期,侯家的男子精忠报国,可惜留下了姐姐和幼年的外甥。小外甥见到完淳脆生生地叫着舅舅,可是完淳看到家姐如一只孤雁,一个女子担起一家重任,非常心疼自己的姐姐。这首诗不仅写出了姐弟之间的深情,更记录了夏淑吉的悲苦经历,更体现了战乱环境下,普通女子生活的不易。

与完淳同母的妹妹夏惠吉也是有名的才女,其作品也极佳:

二月雨霁,同静维栖止曹溪,并美南姊作

天涯风雨雁飞鸣,雨雪相依倍有情。

点点远山寒玉映，层层深树夜珠明。

论心此日欢方洽，惜别他时感又生。

便欲随君愁未得，梅花香梦隔蓬瀛。

完淳的姐妹都这样富有才情，也就不难理解夏完淳小小年纪就名声大噪了。夏完淳交往的人大多与他的父亲有关，夏父经常将夏完淳带在身边，参加文学聚会，游览名山大川。而夏完淳又一副少年老成的庄重模样，很多夏父的朋友都和这个小文友结成了忘年之交，比如亦师亦友的陈子龙（字卧龙，松江华亭人，明末才子）就是其中一位。

陈子龙第一次与夏完淳见面的时候还有一个小故事：陈子龙本来是去拜访完淳的父亲的，夏允彝总是把夏完淳领出来，一方面让完淳多接触一下有才学的人，另一方面当然不排除炫耀自己教子有方了。陈子龙一进门就看到桌上放着《世说》（《世说新语》，这本书是记述魏晋人物言谈轶事的笔记小说）。陈子龙看到夏完淳个头虽小，气度不凡，于是问他："诸葛靖躲身到厕所，不肯见想要和他叙旧情的晋世祖，其原因是晋世祖的父亲（司马昭）是诸葛靖的杀父仇人。而嵇绍竟然以身掩护晋惠帝（司马昭的孙子），自己被射死，而其父嵇康也是被司马昭所杀，二人忠孝之道不同的原因是什么？"完淳恭敬地回答："在同样的情况下，他们考虑的是自己的身份职责，一个是出仕为臣，一个是隐居山林，表现不一样，但是都符合道义。"陈子龙感叹道："你道出了我的心声啊。"陈子龙竟然与这个十几岁的孩子之间产生了惺惺相惜的感觉，后来还做了夏完淳的老师。陈子龙忠心于明王朝，积极参与策划复明运动，但是起义相继失败。陈子龙因祖母年高九十无人奉养，于是暂时隐居为僧，而此时完淳的父亲已经殉国。等到陈子龙祖母过世后，陈子龙到夏允彝的墓前号啕大哭，陈说自己没有跟随而去的原因，无比悲痛。

明诗

肠断当年国士恩　剪纸招魂为公哭

——夏完淳《细林夜哭歌》

　　夏完淳在被清兵押解的路上,路过陈子龙居住过的细林山。此时陈子龙已经在黄泉路上了。

细林夜哭

　　细林山上夜乌啼,细林山下秋草齐。有客扁舟不系缆,乘风直下松江西。却忆当年细林客,孟公四海文章伯。昔日曾来访白云,落叶满山寻不得。始知孟公湖海人,荒台古月水粼粼。相逢对哭天下事,酒酣睥睨意气亲。去岁平陵鼓声死,与公同渡吴江水。今年梦断九峰云,旌旗犹映暮山紫。潇洒秦庭泪已挥,仿佛聊城矢更飞。黄鹄欲举六翮折,茫茫四海将安归!天地蹒跚日月促,气如长虹葬鱼腹。肠断当年国士恩,剪纸招魂为公哭。烈皇乘云御六龙,攀髯控驭先文忠。君臣地下会相见,泪洒阊阖生悲风。我欲归来振羽翼,谁知一举入罗弋。家世堪怜赵氏孤,到今竟作田横客。呜呼!抚膺一声江云开,身在罗网且莫哀。公乎,公乎!为我筑室傍夜台,霜寒月苦行当来!

　　夏完淳回想与师父的相遇相知,饮酒谈笑,操戈赴难,恍惚间觉得师父还在眼前。可是皇上已自缢,恩师又投水,如今自己身上也披着枷锁,救国大业在自己身上是实现不了了,终于坚毅的面庞还是留下了泪痕。夏完淳大义凛然,十几岁的肩膀就扛起了起义的大旗,这和他父亲、师父的教导是分不开的。

　　在幼年的时候,每日与父亲相伴大概是最开心不过了,可是这种美好在他13岁的时候戛然而止。清军入关,明人的一场场反抗战争以失败告终。清军首

领想要让夏允彝投降,而夏允彝在一家老小面前将自己的头溺在后院池塘里,殉国而亡。这一场面是夏完淳心中的最痛。他只能眼睁睁地看着,因为父亲的行为是忠君爱国的证明,他不能阻拦。

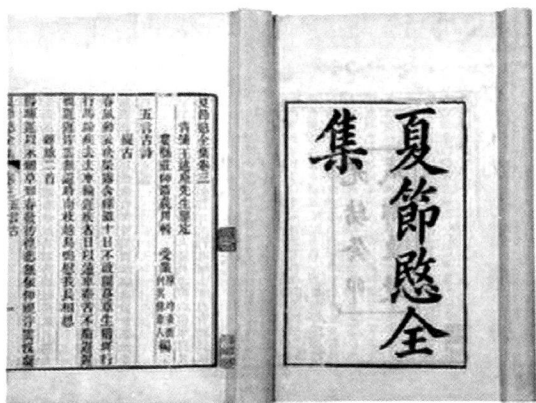

夏完淳作

明 诗

宝带桥边泊　狂歌问酒家

——夏完淳《宝带桥》

　　父亲和师父的行为激励着完淳,完淳孤身一人开始选择投靠的对象,继续父亲未完成的复国事业。他听说吴易的部队聚集在太湖流域,于是他乘船而来:

宝带桥

　　宝带桥边泊,狂歌问酒家。

　　吴江天入水,震泽晚生霞。

　　细缆迎风急,轻帆带雨斜。

　　苍茫不可接,何处拂灵槎。

　　宝带桥边的小舟上,一名少年饮酒歌啸,眉头紧蹙,胸中淤积着块垒之气,这就是要充当吴易幕僚的夏完淳。他看着云雾翻滚的天气就像救国大业一样不知去向。但是他还是希望自己脚下的小舟能乘风破浪,赶紧将他带到太湖。可是到了太湖,他的焦虑惆怅让他不知所措。其实夏完淳这个反抗清兵的亲身经历者最能体会胜算的可能性。他也许已经看到了自己的结局,但是他还是想为国家做些什么。他不愿意苟且地活着,然后自责一辈子,让后人戳着他的脊梁骨,骂他懦弱。

　　历史的车轮太巨大了,一个夏完淳是阻挡不了的。再加上吴易的轻敌,很快这次起义又失败了。夏完淳逃到家乡就被捕。

高堂弱息凭君在　极目乡关思惘然

——夏完淳之被捕

夏完淳的好友杜登春在虎丘石佛寺读书,看到有很多差役押解着一个小沙弥喝泉水。杜登春觉得小沙弥长得很像夏完淳,于是他就走近观看,没想到真的是完淳。心中非常惊讶,于是与差役商量允许两人道别。夏完淳握着朋友的手赋诗一首。也许有人觉得哭笑不得,都到这紧要关头了,还念什么诗呀。其实诗歌浓缩的语言和情感的绵长回味,在这个短暂紧迫的环境下出现是再合适不过了。

虎丘遇子高

竹马交情十五年,飘零湖海竟谁怜!

知心独吊要离墓,亡命难寻少伯船。

山鬼未回江上梦,楚囚一去草如烟。

高堂弱息凭君在,极目乡关思惘然。

夏完淳看到自己的好友内心很激动,先回味了两人的交情,告诉杜登春自己这次就要赶赴黄泉了,可是上有两位母亲,下有未出世的孩子,今后也只能凭好友照应了。自己再不舍得家乡和亲人又怎么样呢,都是枉然呀。后来杜登春一路跟随,陪伴夏完淳走完最后一程。

夏完淳被抓走了,家里就剩下了嫡母、生母、妹妹和怀孕的妻子。四个女子每天以泪洗面。夏完淳的生母陆

明末战乱

氏是夏家的妾室,而嫡母盛世又没能生育出儿子,按照古代的法度,完淳要过继到嫡母手中抚养。好在盛氏是个很善良的人,她待完淳如亲生一般,对他的教育虽严厉,但是经常给完淳和生母陆氏留出相处的空间。这一天盛氏收到完淳的诀别信《狱中上母书》。完淳先陈述了自己将死,实在不肖,无以报答,接着安排了家人今后的生活,最后表达了自己将死的痛苦来源于两位母亲无人孝敬,妻子怀孕也需要照顾,最重要的是大业未成的不甘。当盛氏读到:"嫡母慈祥贤惠,千古难得这样的好母亲"的时候无限心酸,嘴里念叨着完淳的名字,抚心痛哭。陆氏在一边看着,也很急切,她知道儿子不能直接提及她,但是也感受得到儿子对她的爱和关心。完淳死后,陆氏写下了悼亡儿子的诗:

追　悼

锦瑟苍凉忆旧踪,芳年行乐太匆匆。

焚香帘幕图书静,得月楼台笑语通。

人并玉壶丘壑里,才分彩笔黛螺中。

只余华表魂归去,夜夜星辰夜夜风。

　　从上面可以看到完淳是一个宽厚孝敬的人,但是当他遇到屈节投靠异族之人时,他的利爪很快就伸出来了。过常州时,不期而遇同乡宋徵舆(字辕文),之前宋徵舆与陈子龙、李雯并称云间三子。这时宋徵舆适擢清朝进士第,夏完淳乘机作《毗陵遇辕文》诗嘲讽他:

毗陵遇辕文

宋生裘马客,慷慨故人心。

有憾留天地,为君问古今。

风尘非昔友,湖海变知音。

洒尽穷途泪,关河雨雪深。

　　看到宋徵舆衣冠楚楚的样子,完淳心中非常凄苦苍凉。瞬间眼前的这个人已经不是当初的那个朋友了。现在自己被困穷途,但是他也不愿像宋徵舆变节保身。

很快完淳就被押解到南京,关在曾经太监居住的地方。他觉得把这个地方充当监狱是一件很尴尬的事,在这临时监狱里也没什么事,于是还是干自己的老本行,写诗好了:

被羁待鞠在皇城故内珰宅

孤臣魂已断,况复见长安。

歌舞愁云散,池台落日寒。

重来中贵宅,空挂侍臣冠。

一片银铛影,还同剑佩看。

在这阉人的宫殿里,他的思绪漂移,亡国的过程在他脑海里一幕幕地闪现。可是夏完淳还是一身英气,调侃道:我身上这闪闪的镣铐,像不像英雄的佩剑?可见完淳气魄不凡了。

明
诗

英雄生死路　却似壮游时

——夏完淳《简半村先生》

　　与夏完淳一同被捕入狱的还有他的岳父钱栴。钱栴实际上与夏完淳并不是一类人，但是好在还是有节操的。当年钱栴与夏家结为亲家很是自豪，一想到他聪明的女婿就眉开眼笑，只可惜一直没缘相见。这一天夏允彝带着完淳来拜访钱栴。这时钱栴正看家里戏班子演的《牡丹亭》。正在劲头上的他还陶醉着闭着眼，摇着头，跟着哼了几句。家丁突然来报说完淳父子来了，于是赶快撤了戏班子。他看见好友和一个十分俊俏的男孩气宇轩昂地走了过来，那气场让他这老头子都震撼了一下。钱栴也将两个儿子叫了出来，三个年轻人一会儿就聊成了一团。可是在钱栴眼里，两个儿子不论在才学上还是政务上都赶不上准女婿的风采。不过女婿就是半个儿，钱栴心里还是乐开了花。这样的公子和女儿真是天生一对呀。之后两家一直来往密切，钱栴也放下了他的戏曲段子开始参与复国起义。现在他和女婿都被关在监狱里，他幻想了一下自己身首异处的样子，不自觉地哆嗦了一下。他害怕了，怕死。夏完淳很快发现了岳父的异样，询问原因，得知岳父现在很怕死。一向对此咄咄逼人的完淳一改往日谩骂讽刺的激烈行径，竟然开始安抚开导岳父。他提起了当年钱栴、陈子龙和自己歃血为盟的景象，希望岳父能遵守当时的承诺，做个慷慨大丈夫。人人都想着劝生，可是在异族侵略、朝代更迭的时候，劝死的事情就不新鲜了。当时柳如是也劝钱谦益死，而且陪他一起死，可是钱谦益没舍得，最后他不得不承受超出他料想的后果。他投靠了清人，但是没想到人家并不领情，乾隆帝明白地骂他是贰臣，明遗民也骂他没节操，最后落得个里外不是人的境地。夏完淳写了一首《简半村先生》，来勉励岳父：

明诗

公堂讥讽洪承畴

简半村先生

乐今竟如此，王郎又若斯。

自羞秦狱鬼，犹是羽林儿。

月白劳人唱，霜空毅魄悲。

英雄生死路，却似壮游时。

　　这首诗极言真英雄不惧生死之事，就当是一次壮游。很快就到了提审的日子，他老早就听说提审人是洪承畴，心里骂了一声汉奸狗，也有了一番盘算。洪承畴见到完淳并不想杀他，他希望完淳能归顺清朝廷。这实际上是清廷给洪承畴布置的艰巨任务。洪承畴对完淳说："你这小孩子，也不知道这社会的凶险，别人起义，你就跟着起哄，你看现在被人当贼人抓了吧，赶快承认错误，饶你不死，还给你官做，你说好不好？"完淳在心里把这老小子骂了个狗血喷头，但是面上却一副佯装不认识他的样子，梗着脖子说："我听说过洪承畴先生是我大明朝的忠实栋梁，在与清人的杏山之战中壮烈牺牲。先帝听后十分悲痛，亲自悼唁，先生的壮烈行径感动华夏，也感动了我，我虽年少，可是有先生的榜样在，自然是当仁不让。"旁边的小吏听后一个个睁大了眼睛，好心提醒完淳，上面坐的就是洪承畴。完淳一副"你开什么玩笑的样子"，冷笑了一声说："先生为国捐躯已经过世很久了，你们是什么东西，敢假托先生的名字侮辱忠烈。"接着还破口大骂，小吏们都难以束缚他。洪承畴当日虽拍着胸口向上级保证一定能感化说服这小子，可是现在显然无法驾驭这突发的场面，于是先把完淳押了下去，自己先擦擦汗，冷静一番。平静下来的洪承畴知道这孩子是掰不过来了，决定杀了他。

明诗

九原应待汝　珍重腹中儿

——夏完淳之死

　　夏完淳被带下去的时候觉得临死还能出一场恶气,真是爽快。但是他也知道,他离死又近了一步。看着自己的老岳父,想到了自己家中待孕的妻子,那个和他一样只有十几岁的妻子。他回想起自己在岳父家远远看到的那抹清丽的绿色和模糊的面庞。那是他们第一次见面。没想到当他掀起妻子盖头的那一刻,她是那么明丽动人。虽然相处的日子那样短暂,可是妻子的善解人意、贤良淑德让他的生活充满了阳光,也让他真正享受了一个十几岁青年应该经历的最美好的事情。完淳想到她的小妻子,不觉吟出了深情的诗:

寄　内

忆昔结缡日,正当揽甲时。

门楣齐阀阅,花烛夹旌旗。

问寝叹忠孝,同袍学唱随。

九原应待汝,珍重腹中儿。

　　他对妻子有眷恋,更多的是愧疚,他劝妻子一定要珍重自己的身体,珍重肚子里的胎儿。1647年,夏完淳惨遭杀害,结束了他光彩而短暂的一生。

明

诗